| 主编·汪剑钊 |

"俄罗斯文学译丛"系
"金色俄罗斯丛书"平装版

克莱尔家的夜晚

Вечер у Клэр

[苏] 加伊多·加兹达诺夫 / 著

颜宽 / 译

四川人民出版社

图书在版编目（CIP）数据

克莱尔家的夜晚 /（苏）加伊多·加兹达诺夫著；
颜宽译. —成都：四川人民出版社，2024.1
（俄罗斯文学译丛 / 汪剑钊主编）
ISBN 978-7-220-13486-9

Ⅰ. ①克… Ⅱ. ①加… ②颜… Ⅲ. ①长篇小说-苏
联 Ⅳ. ①I512.45

中国国家版本馆 CIP 数据核字（2023）第 199224 号

KELAIER JIA DE YEWAN

克莱尔家的夜晚

［苏］加伊多·加兹达诺夫　著　颜宽　译

责任编辑	王其进　吴珍华
责任校对	王　雪
装帧设计	张迪茗
责任印制	祝　健

出版发行	四川人民出版社（成都三色路 238 号）
网　址	http://www.scpph.com
E-mail	scrmcbs@sina.com
新浪微博	@四川人民出版社
微信公众号	四川人民出版社
发行部业务电话	(028) 86361653　86361656
防盗版举报电话	(028) 86361653
照　排	四川胜翔数码印务设计有限公司
印　刷	成都东江印务有限公司
成品尺寸	140mm×203mm
印　张	6
字　数	108 千
版　次	2024 年 1 月第 1 版
印　次	2024 年 1 月第 1 次印刷
书　号	ISBN 978-7-220-13486-9
定　价	49.80 元

金色俄罗斯
Золотая Россия

致敬"金色俄罗斯丛书"译介团队，感谢所有参与者为传播
俄罗斯文学、增进中俄两国人民文化交流而做的努力！

汪剑钊　丛书主编、译者，北京外国语大学外国文学研究所教授，博士生导师。

张建华　丛书顾问、译者，北京外国语大学教授。

刘文飞　丛书顾问，中国俄罗斯文学研究会会长。

张　冰　北京师范大学俄语系教授，博士生导师。

赵晓彬　哈尔滨师范大学斯拉夫语学院副院长，博士生导师。

杨玉波　哈尔滨师范大学斯拉夫语学院副教授，文学博士。

郑艳红　中国社会科学院文学博士，绥化学院外国语系教师。

张　猛　北京外国语大学外国文学研究所博士。

李　莉　北京师范大学文学博士，杭州师范大学教授。

顾宏哲　辽宁大学俄语系副教授，硕士生导师。

赵艳秋　复旦大学俄语系副主任，文学博士。

侯炜红　中国社会科学院外国文学研究所俄罗斯文学研究室主任，文学博士。

池济敏　四川大学外国语学院副院长，副教授，文学博士。

飞　白　云南大学外语系教授，浙江省比较文学与外国文学学会名誉会长。

黄　玫　北京外国语大学俄语学院教授，博士生导师。

杨晓笛　北京外国语大学博士，太原理工大学教师。

李玉萍　洛阳理工学院副教授，文学博士。

王立业　北京外国语大学俄语学院教授，博士生导师。

邱　鑫　黑龙江大学俄语学院文学博士。

郭靖媛　北京大学比较文学专业博士在读。

薛冉冉　浙江大学外语学院副教授，博士。

温玉霞　西安外国语大学俄语学院教授，博士生导师。

潘月琴　北京外国语大学俄语学院副教授，博士。

余　翔　北京科技大学外国语学院师资博士后，文学博士。

李春雨　厦门大学外文学院助理教授，博士。

董树丛　北京外国语大学外国文学研究所硕士。

冯昭玙　浙江大学外文系教授。

杜　健　北京师范大学俄语语言文学专业博士。

韩宇琪　北京师范大学俄语语言文学专业博士。

苏　玲　《外国文学动态研究》主编，博士。

颜　宽　国立莫斯科大学语言文学系博士。

马卫红　浙江外国语学院教授，文学博士。

王丽欣　哈尔滨师范大学斯拉夫语学院副教授，文学博士。

于婷婷　西安外国语大学俄语语言文学博士在读。

王时玉 华东师范大学俄语语言文学博士在读。

穆 馨 哈尔滨师范大学斯拉夫语学院副教授,翻译硕士导师。

徐 琪 厦门大学外文学院教授,文学博士。

徐曼琳 四川外国语大学俄语系教授,文学博士。

欢迎更多的译者加入"金色俄罗斯丛书"……

(按译作出版时间排序)

四川人民出版社  文学出版中心

金色的"林中空地"（总序）

汪剑钊

2014 年 2 月 23 日，第二十二届冬奥会在俄罗斯的索契落下帷幕，但其中一些场景却不断在我的脑海回旋。我不是一个体育迷，也无意对其中的各项赛事评头论足。不过，这次冬奥会的开幕式与闭幕式上出色的文艺表演给我留下了深刻的印象，迄今仍然为之感叹不已。它们印证了一个民族对自身文化由衷的热爱和自觉的传承。前后两场典仪上所蕴含的丰厚的人文精髓是不能不让所有观者为之瞩目的。它们再次证明，俄罗斯人之所以能在世界上赢得足够的尊重，并不是凭借自己的快马与军刀，也不是凭借强大的海军或空军，更不是凭借所谓的先进核武器和航母，而是凭借他们在文化和科技上的卓越贡献。正是这些劳动成果擦亮了世界人民的眼睛，引燃了人们眸子里的惊奇。我们知道，武力带给人们的只有恐惧，而文化却值得给予永远的珍爱与敬重。

众所周知，《战争与和平》是俄罗斯文学的巨擘托尔斯泰所著的一部史诗性小说。小说的开篇便是沙皇的宫廷女官安娜·帕夫洛夫娜家的舞会，这是介绍叙事艺术时经常被提到的一个经典性例子。借助这段描写，托尔斯泰以他的天才之笔将小说中的重要人物一一拈出，为以后的宏大叙事嵌入了一根强劲的楔子。2014年2月7日晚，该届冬奥会开幕式的表演以芭蕾舞的形式再现了这一场景，令我们重温了"战争"前夜的"和平"魅力（我觉得，就一定程度上说，体育竞技堪称一种和平方式的模拟性战争）。有意思的是，在各国健儿经过十数天的激烈争夺以后，2月23日，闭幕式让体育与文化有了再一次的亲密拥抱。总导演康斯坦丁·恩斯特希望"挑选一些对于世界有影响力的俄罗斯文化，那也是世界文化遗产的一部分"。于是，他请出了在俄罗斯文学史上引以为傲的一部分重量级人物：伴随拉赫玛尼诺夫第二钢琴协奏曲的演奏，普希金、果戈理、屠格涅夫、托尔斯泰、陀思妥耶夫斯基、契诃夫、马雅可夫斯基、阿赫玛托娃、茨维塔耶娃、布尔加科夫、索尔仁尼琴、布罗茨基等经典作家和诗人在冰层上一一复活，与现代人进行了一场超越时空的精神对话。他们留下的文化遗产像雪片似的飘入了每个人的内心，滋润着后来者的灵魂。

美裔英国诗人T. S. 艾略特在《诗的作用和批评的作用》一文中说："一个不再关心其文学传承的民族就会变得野蛮；一个民族如果停止了生产文学，它的思想和感受力就会止步不前。一个民族的诗歌代表了它的意识的最高点，代表了它最强大的力量，也代表了它最为纤细敏锐的感受力。"在世界各民族中，俄罗斯堪称最为关心自己"文学传承"的一个民族，而它辽阔的地理特征则为自己的文学生态提供了一大片培植经典的金色的"林中空地"。迄今，在这片土地上生根发芽并长成参天大树的作家与作品已不计其数。除上述提及的文学巨匠以外，19 世纪的茹科夫斯基、巴拉廷斯基、莱蒙托夫、丘特切夫、别林斯基、赫尔岑、费特等，20 世纪的高尔基、勃洛克、安德列耶夫、什克洛夫斯基、普宁、索洛古勃、吉皮乌斯、苔菲、阿尔志跋绥夫、列米佐夫、什梅廖夫、波普拉夫斯基、哈尔姆斯等，均以自己的创造性劳动进入了经典的行列，向世界展示了俄罗斯奇异的美与力量。

　　中国与俄罗斯是两个巨人式的邻国，相似的文化传统、相似的历史沿革、相似的地理特征、相似的社会结构和民族特性，为它们的交往搭建了一个开阔的平台。早在 1932 年，鲁迅先生就为这种友谊写下一篇"贺词"——《祝中俄文字之交》，指出中国新文学所受的"启发"，将其看作自己的"导师"和"朋友"。20 世纪 50 年代，由于意识形态的接近，中国与苏联在文化交流上曾出现过一个"蜜月期"，在那个特定的时代，俄罗斯文学几乎就是外国文学的一个代名词。俄罗斯文学史上的一些名著，如《叶甫盖尼·奥涅金》《死魂灵》《贵族之家》《猎人笔记》《战争与和平》《复活》《罪与罚》《第六病室》《丽人吟》《日瓦戈医生》《安魂曲》《没有主人公的叙事诗》《静静的顿河》《带星星的火车票》《林中水滴》《金蔷薇》和《钢铁是怎样炼成的》等，都曾经是坊间耳熟能详的书名，有不少读者甚至能大段大段背诵其中精彩的章节。在一定程度上，我们可以说，翻译成中文的俄罗斯文学作品已构成了中国新文学的一个重要组成部分，成为现代汉语中的经典文本，就像已广为流传的歌曲《莫斯科郊外的晚上》《三套车》《喀秋莎》《山楂树》等一样，后者似乎已理所当然地成为中国的民歌。迄今，它们仍在闪烁金子般的光芒。

不过，作为一座富矿，俄罗斯文学在中文中所显露的仅是冰山一角，大量的宝藏仍在我们有限的视域之外。其中，赫尔岑的人性，丘特切夫的智慧，费特的唯美，洛赫维茨卡娅的激情，索洛古勃与阿尔志跋绥夫在绝望中的希望，苔菲与阿维尔琴科的幽默，什克洛夫斯基的精致，波普拉夫斯基的超现实，哈尔姆斯的怪诞，等等，大多还停留在文学史上的地图式导游。为此，作为某种传承，也是出自传播和介绍的责任，我们编选和翻译了这套"金色俄罗斯丛书"，其目的是进一步挖掘那些依然静卧在俄罗斯文化沃土中的金锭。可以说，被选入本丛书的均是经过了淘洗和淬炼的经典文本，它们都配得上"金色"的荣誉。

行文至此，我们有必要就"经典"的概念略做一点说明。在汉语中，"经典"一词最早出现于《汉书·孙宝传》："周公上圣，召公大贤。尚犹有不相说，著于经典，两不相损。"汉朝是华夏民族展示凝聚力的重要朝代，当时的统治者不仅实现了政治上的统一，而且也希望在文化上设立标杆与范型，亟盼对前代思想交流上的混乱与文化积累上的泥沙俱下状态进行一番清理与厘定。客观地说，它取得了一定的成效，虽说也因此带来了"罢黜百家"的重大弊端。就文学而言，此前通称的"诗三百"也恰恰在那时完成了经典化的过程，被确定为后世一直崇奉的《诗经》。关于"经典"的含义，唐代的刘知幾在《史通·叙事》中有过一个初步的解释："自圣贤述作，是曰经典。"这里，他将圣人与前贤的文字著述纳入经典的范畴，实际是一种互证的做法。因为，历史上那些圣人贤达恰恰是因为他们杰出的言说才获得自己的荣名的。

那么，从现代的角度来看，什么是经典呢？商务印书馆出版的《现代汉语词典》给出了这样的释义：1. 指传统的具有权威性的著作：博览经典。2. 泛指各宗教宣扬教义的根本性著作。不同于词典的抽象与枯涩，意大利著名作家卡尔维诺归纳出了十四条非常感性的定义，其中最为人称道的是其中两条：其一，一部经典作品是一本每次重读都像初读那样带来发现的书；一部经典作品是一本即使我们初读也好像是在重温的书。其二，经典作品是一些产生某种特殊影响的书，它们要么自己以遗忘的方式给我们的想象力打下印记，要么乔装成个人或集体的无意识隐藏在深层记忆中。参照上述定义，我们觉得，经典就是经受住了历史与时间的考验而得以流传的文化结晶，表现为文字或其他传媒方式，在某个领域或范围具有一定的权威性和典范性，可以成为某个民族甚或整个人类的精神生产的象征与标识。换一个说法，每一部经典都是对时间之流逝的一次成功阻击。经典的诞生与存在可以让时间静止下来，打开又一扇大门，带你进入崭新的世界，为虚幻的人生提供另一种真实。

或许，我们所面临的时代确实如卡尔维诺所说："读经典作品似乎与我们的生活步调不一致，我们的生活步调无法忍受把大段大段的时间或空间让给人本主义者的悠闲；也与我们文化中的精英主义不一致，这种精英主义永远也制定不出一份经典作品的目录来配合我们的时代。"那么，正如沙漠对水的渴望一样，在漠视经典的时代，我们还是要高举经典的大纛，并且以卡尔维诺的另一段话镌刻其上："现在可以做的，就是让我们每个人都发明我们理想的经典藏书室；而我想说，其中一半应该包括我们读过并对我们有所裨益的书，另一些应该是我们打算读并假设对我们有所裨益的书。我们还应该把一部分空间让给意外之书和偶然发现之书。"

愿"金色俄罗斯"能走进你的藏书室，走进你的精神生活，走进你的内心！

译　序

　　加伊多·加兹达诺夫于 1903 年 12 月 6 日出生于彼得堡的一个奥塞梯家庭。父亲毕业于彼得堡林业大学，是 1877－1878 年俄土战争英雄萨格·加兹达诺夫之子，母亲季卡·阿巴茨耶娃（Дика Абациева）也是奥塞梯社会活动家马戈麦提·阿巴茨耶夫的孙女。二人成婚后很快就生下了加伊多。四岁以前，加兹达诺夫一直居住在圣彼得堡内阁大街 7 号（Кабинетская улица，即如今的真理大街）。后来他随父母辗转于西伯利亚、特维尔、波尔塔瓦以及哈尔科夫各省。1911 年父亲因风寒病逝于斯摩棱斯克，此时加兹丹诺夫年仅八岁，而在之后短短两年的时间里，他的两个妹妹也相继夭亡，从此加兹达诺夫与母亲相依为命。

　　1917 年的十月革命改变了俄罗斯的命运，也改变了加兹达诺夫个人的命运。经历了两年的革命风潮，十六岁的加兹达诺夫在

1919 年决定放弃学业，加入弗兰格尔（П. Н. Врангель）的反布尔什维克志愿军。在《克莱尔家的夜晚》中，主人公对祖父解释说，参加内战的动机并不是保卫俄罗斯，因为白军势必会遭遇失败。真正的原因是为了离开家园，为了开始新的冒险生活。如加兹达诺夫所愿，新的生活开启了，翻天覆地的变化接踵而至。在铁甲列车上服役一年后，白军大势将去，弗兰格尔的部队由克里木半岛撤往伊斯坦布尔，并驻扎在加里波利地区。自此，加兹达诺夫再也没能回到俄国，也没见过自己的母亲。1921 年，在父亲旧友的帮助下，加兹达诺夫成功逃离军营，进入伊斯坦布尔城内。在这里他遇见了自己的堂姐阿芙乐拉·加兹达诺娃，奥塞梯的首位芭蕾舞女演员。他的生活终于得以改善。1922 年 2 月，在堂姐与其丈夫的帮助下，加兹达诺夫入读专门为侨民青年开设的学校。1923 年 4 月，加兹达诺夫就读的中学由土耳其搬离至保加利亚的一个小城市舒门（Шумен），加兹达诺夫在这里完成了中学教育，并结识了许多命运相似的伙伴，其中包括俄罗斯著名作家列·安德烈约夫的儿子瓦吉姆·安德烈约夫。

1923 年 11 月，加兹达诺夫抵达巴黎。从 1923 年到 1927 年，加兹达诺夫一直流落于巴黎各个街区底层，做过各种各样的工作，从码头搬运工、机车头清洗工到汽车工厂的钳工。他还当过法语与俄语家教，曾经有过一段流浪汉的生活，最悲惨的时候只能夜宿地铁站和地下通道。这样的情况到1928年才得以改善。1928年，加兹达诺夫成为一名夜班的士司机。1930年在文学界的巨大成功并没有彻底改善他的生活条件，他仍然做着夜班司机的工作。值得一提的是，1928年至1931年，加兹达诺夫在索邦大学历史语文系学习，主修文学史、经济学与社会学。1932年6月2日，在奥索尔金（М. Осоргин）的介绍下，加兹达诺夫加入俄侨共济会巴黎分会"北方之星"（Северная Звезда），正式成为共济会成员，1961年就任"北方之星"的共济会大长老，履行共济会职责直到1971年病逝。

加兹达诺夫的文学生涯起步于流亡时期。现今已知最早的作品是1926年发表于布拉格杂志《自己的道路》（Своими путями）的短篇小说《未来旅馆》（Гостиница грядущего）。而从1927年开始，加兹达诺夫的名字逐渐为侨民文学圈所熟知。1927年他发表了包括《关于三个不幸的故事》（Повесть о трех неудачах）在内的一系列短篇小说。作品大多刊载于当时布拉格知名的侨民文学杂志《俄罗斯意志》（Воля России）。同年，在侨民年轻作家与诗人协会的活动上，加兹达诺夫分享了短篇小说《黑桃八协会》（Общество восьмерки пик）。1928年12月，加兹达诺夫正式加入巴黎俄罗斯侨民作家协会（Союз писателей и журналистов в Париже）。1930年，他出版了第一部长篇小说，也是此后知名度最高的一部作品——《克莱尔家的夜晚》。作品一经发表，就受到了许多知名作家的高度赞赏，其中就包括侨民文学圈内最为重要的两名批评家，弗·霍达谢维奇（В. Ходасевич）与格·阿达莫维奇（Г. Адамович），以及诺贝尔文学奖获得者伊万·布宁（И. Бунин）。经由马克·奥索尔金的引荐，加兹达诺夫将小说章节寄给了马·高尔基（М. Горький），二者有了第一次书信来往。高尔基对这部作品大加赞赏，并且在与奥索尔金的私人信件中表示对加兹达诺夫的未来寄予厚望。1937年，布宁在贝尔格莱德接受当地报刊采访时，特别指出西林（即弗·纳博科夫）、加兹达诺夫与妮娜·别尔别洛娃（Н. Берберова）是年青一代作家中的典范。

此后，加兹达诺夫成为巴黎侨民文学界的焦点人物，作品受到广泛关注，并受到极高赞誉。他与纳博科夫成为少数可以在当时最负盛名的文学杂志《现代纪事》（*Современные записки*）上发表作品的年轻作家。他参加了由斯洛尼姆组织的文学活动小组"游牧区"（Кочевье）。在这里，加兹达诺夫不仅朗读自己的作品，还积极参与当时的文学批评活动。由现今保存下来的材料来看，加兹达诺夫至少发表过关于瓦西里·罗扎诺夫（В. Розанов）、阿列克谢·列米佐夫（А. Ремизов）、伊万·布宁与弗拉基米尔·马雅可夫斯基（В. Маяковский）等人的文学评论。1935年，加兹达诺夫得知还在苏联的母亲病重，试图返回苏联。1935年6月20日，加兹达诺夫写信向高尔基求助。由于高尔基于1936年逝世，加兹达诺夫放弃了返回苏联的打算。后人在高尔基的书信材料中发现了当时给加兹达诺夫准备的回信，信中高尔基承诺提供一切必要帮助。

1936年加兹达诺夫在《现代纪事》上发表了文学评论《关于侨民文学年青一代》（О молодой эмигрантской литературе），文章引起轩然大波。在这篇文章中，加兹达诺夫直言年青一代侨民在文化上的无根性，他们面临的物质与精神的双重困境，并预言了年青一代侨民文学消亡的危机。这一观点引发了侨民文学界大规模的争论。当时，几乎所有的主流侨民文学期刊都参与了此次讨论。

同年，加兹达诺夫的个人生活也发生了巨大的变化。在里维埃拉旅游度假的过程中，他结识了同样来此度假的法伊娜·德米特利耶夫娜·拉姆扎卡（Фаина Дмитриевна Ламзака）。法伊娜出身于敖德萨的一个商人家庭。早在一战爆发前，法伊娜就与一名军官结婚。但是丈夫的粗鲁无知、游手好闲、酗酒嗜赌给法伊娜带来了巨大的痛苦。内战期间，法伊娜一家离开俄罗斯，先后到达印度、意大利，最终在法国定居。在这几年里，夫妻之间矛盾愈加复杂，最终法伊娜决定离开丈夫，独自生活。在遇见加兹达诺夫之前，法伊娜的父母已经逝世，法伊娜本人成为一家公司的合伙人。1936年她来到里维埃拉，决定短暂休息一段时间，在海边游泳时，碰见了加兹达诺夫。二人一见倾心。法伊娜当即决定随加兹达诺夫回到巴黎。二人直到1953年才正式结婚（1953年法伊娜才得以与前夫签订离婚协议书）。

纳粹占领巴黎期间，加兹达诺夫夫妇并没有撤离巴黎，而是选择在巴黎展开地下反抗活动。他们藏匿犹太人并安排他们从占领区撤离，其中就包括他的好朋友马克·斯洛尼姆（M. Слоним）。1942年加兹达诺夫加入法国地下抵抗组织，解救苏联俘虏，并加入了由他们组建的游击队，这是加兹达诺夫第一次接触苏联同胞。加兹达诺夫长期在地下杂志社工作，负责编写与分发抗战宣传资料，他的妻子则作为地下联络员，积极参与抗战活动。相关的经历后来都被加兹达诺夫写入了他的法语回忆录作品《在法国的土地上》（На французской земле）。1947年加兹达诺夫夫妇获得法国国籍。从1953年开始，加兹达诺夫前往慕尼黑，开始在自由广播电台工作（Радио Свобода），负责俄罗斯文学文化方向的节目。两年之后，加兹达诺夫升任新闻总编辑，1959年调任巴黎分部编辑，1967年返回慕尼黑工作。在电台工作期间，加兹达诺夫化名格里高利·切尔卡索夫（Георгий Черкасов），主持了包括《作家笔记》《书本世界》等多档节目，为后世留下了宝贵的语音资料。

1970 年加兹达诺夫被诊断为肺癌，并于 1971 年 12 月 5 日在慕尼黑病逝，享年 68 岁，厚葬于巴黎的圣热纳维耶芙（Сент-Женевьев-де-Буа）名人公墓。

加兹达诺夫作为俄罗斯域外文学第一浪潮中的重要作家长期不为苏联境内的同胞所知。一直到 1995 年，随着大规模的域外文学作品进入俄罗斯，历史的风尘才被拨开。被遗忘的加兹达诺夫终于返回了故土，他的文字与思想逐渐为俄罗斯读者所熟知。时至今日，加兹达诺夫已经成为与纳博科夫、波普拉夫斯基比肩的经典侨民作家，并成为大批俄罗斯文学研究者关注的对象。

加兹达诺夫的创作以细腻逼真的心理素描和意识流的语言风格著称，在 1930 年发表《克莱尔家的夜晚》后，域外文学界立马赞其为俄国的普鲁斯特。但加兹达诺夫本人否认普鲁斯特对其早期创作的影响。他曾公开表示过，在 1930 年之前，他未曾读过《追忆似水年华》。只有在自己的小说出版后，他才在图书馆里借阅了这本巨作，并对他们风格上的接近感到惊讶。但无论这段逸闻是否真实，加兹达诺夫的意识流写作与借此实现的第一人称抒情叙事都在俄罗斯文学史上留下了深刻的印记，广为后人所效仿。加兹达诺夫的这一创作特点，即还原角色的经验意识流动，深刻表现人物自然真实的丰富内心世界，正是 20 世纪现代主义文学思潮与侨民独特历史境遇相逢的结果，延续了自俄国白银时代以来，将个体性、个体价值视为存在中心的美学原则。

加兹达诺夫创作的另一个特点是其深刻的存在主义世界观。作家时刻关心着一个终极的命题：人存在的意义到底是什么？20世纪初的西方社会笼罩在一种世纪末的灾难氛围中，在各种巨大的灾难面前，在完全偶然性的、荒诞的命运之中，人感到自己的弱小与无力，进一步地怀疑自己的存在是否合理，是否也仅仅是一个随机偶然的事件？加兹达诺夫正是通过艺术的手段试图解答这样的问题，在传统人道主义价值体系崩坏的情况下，为人的存在重新寻找根基。早期的加兹达诺夫将目光投向艺术创作本身，寄希望于虚构创造能超越荒诞现实。比如，凭借记忆所构建的艺术世界可以令个体远离虚无残酷的现实。但这样的理想主义美学势必引起个体内心的封闭，甚至让人疏离现实，遁入空虚的慰藉之中。很快地，加兹达诺夫本人也意识到了这一思想的危险，并在其创作中展开了自我批判。在20世纪40年代以后的创作中，加兹达诺夫将目光转向了人在生活里的自足意义，肯定了鲜活的经验生活进程本身就是价值的源头，而非实现某个目标的手段。由此，人的存在意义与价值不应该追求与外界的价值评估的一致，恰恰相反，其自身所抉择、所创造的人生就是一种独一无二价值的实现。萨特在《存在主义是一种人道主义》中提出的存在主义宣言"存在先于本质",在加兹达诺夫的一系列创作中都获得了极高价值的艺术性阐释。

以上两点在小说《克莱尔家的夜晚》中有着明显的表现。

1929年的冬天,年仅二十六岁的加兹达诺夫终于完成了《克莱尔家的夜晚》。这部作品敲开了《当代纪事》的大门,加兹达诺夫的名字开始频频出现在各大侨民杂志的文学评论区里。蒲宁、梅列日科夫斯基、阿达莫维奇、霍达谢维奇、斯洛尼姆、奥索尔金、扎伊采夫、奥祖普……光是列举一下同时代的评论者,就足以说明这部作品在当时的影响力之大。

初读《克莱尔家的夜晚》,大多数读者可能会一头雾水。小说无论从体裁还是内容上都极具创新感与实验性。小说采用第一人称叙事,叙事者"我",沃洛佳·索谢多夫(Володя Соседов),是一名流落巴黎的俄罗斯侨民。在经历了俄国革命,1918—1921年俄国内战等一系列颠沛流离的流亡生活后,"我"终于在巴黎遇见了从少年时起就一见倾心的克莱尔。在她丈夫出差时,我以照顾生病的克莱尔为由,得到了与她亲近的机会。实际上,这一部分仅仅占了小说不到十分之一的内容,它成为小说的第一层叙事框架。而作品真正的主题是从叙事者"我"的回忆开始:"我"躺在克莱尔身边,久久不能入睡,看着她赤裸的身体,这一刻"我"意识到,十年之久,"我"的梦想终于实现。可在实现之后，"我"却发觉，它是这么枯燥干瘪，一种空虚与无力让"我"无法面对现实。加兹达诺夫特意选取普希金《叶甫盖尼·奥涅金》中的诗句为题记："我的一生只为/与你忠实的约会"，这正是呼应了小说主人公此时的失望。普希金的诗句取自女主人公达吉雅娜写给奥涅金的情书，但达吉雅娜心中的奥涅金却是掺杂着浪漫主义幻想的虚构形象，它与真实的奥涅金相去甚远，所以达吉雅娜最后的失望也在所难免。此处的叙事者"我"所经历的无非也是类似的情况，于是抒情主人公让意识转向自我深处，转向一个永恒的记忆王国。

"我"开始回忆起自己的童年生活。从此处开始，小说进入了第二层叙事框架，这一层叙事正是以我的回忆为主要内容展开。然而，最为有趣的是，第二层叙事的时间并非"线性"的，而是一种有规则的零散式叙事。打个不确切的比方，这一叙事的手段类似于用以测试色盲、色弱的图片。叙事者的每一段记忆都好比一个有色彩的小圆点。近距观看时，这些都只是分布随意、没有规则而色彩斑斓的马赛克，可是一旦拉开距离，就能看出有意义的数字与图片来。

在《克莱尔家的夜晚》中，分别存在四组这样的"色盲图"，上面表现着叙事者的"童年""少年求学""高加索生活"与"青年参军"四段经历，于是回忆的内容从整体层次来看，具有了时间上的连贯性，但是一旦深入到其中的某一段，读者就会发现，作者完全是以非线性的方式在时间点之间来回跳跃。作者往往可以因为一个声音、一种颜色、一个名字、一种感受无限地延伸到一段又一段的记忆中，没有终止，不受时间不可逆流的法则影响。比如，从红色到母亲的裙子，从母亲的裙子到拥抱的温暖，从温暖到木头的触感，从木头到听见锯木的声音，从锯木的声音到空中木屑的味道，这样的回忆之环不断延伸，构成了作品的真正主体——时间与记忆，读者仿佛完全迷失在回忆的浓雾之中，时间化作气息，环绕左右，一呼一吸之间就是流转的光阴。

实际上，加兹达诺夫想要在作品中表现出的时间感受极其接近于柏格森提出的"绵延感"。柏格森认为，时间本质上是不能被刻度化的，因为它如同人的情绪，像音乐一样绵延不断地存在，并且相互渗透。加兹达诺夫在《克莱尔家的夜晚》中试图传递的正是这样一种绵延而相互渗透的时间感，准确来说，是恢复"时间"本来的面貌。对于加兹达诺夫来说，时间即旋律，时间即情绪，没有起始，没有终点，自然而然，也没有所谓方向，只有不断的流动。过去、现在与未来只不过是一种顽固的幻象罢了。

加兹达诺夫这一代人经历了西方思想界与现实世界的双重动荡变化，对世界的稳定性产生了怀疑，对人在荒诞世界里的价值产生怀疑，最终让存在主义在 20 世纪 40 年代以后成为西方的思想主流。这一思潮在文学创作中的体现之一就是以创造来克服荒诞，以追溯来超越现实，创作者往往以艺术世界里的全能创世者自居。俄罗斯域外文学 20 年代回忆录、自传体的大批涌现与这一点不无关系。而《克莱尔家的夜晚》可以说是此类作品的典型。小说中的克莱尔具有象征意义。克莱尔在法语中意味着光明，她象征着主人公"我"在现实世界中所依赖的希望。正是"与克莱尔再次相见"这个愿望支撑着"我"经历这波折而痛苦的十年。可是在实现这一梦想的一瞬间，我感受到了恶心、庸俗与窒息。原来，这梦想是如此干涸而无趣，并没有带来我所希望的生命的救赎。主人公对现实何其失望！而也正是因此，在小说的结尾处，主人公永久地留在了回忆之中。小说的最后一句话是主人公回忆自己远离俄罗斯时的情景。"我"乘坐离开俄罗斯的轮船，驶向另一端的伊斯坦布尔，远处的钟声透过迷雾传来，"我"幻想着再次看见克莱尔。作者选择在这里结束小说，也就意味着选择不再回到现实，而是希望通过艺术的创作，通过这一艺术的世界得到救赎。

小说中的主人公还表现出对一切大历史层面叙事的怀疑与不信任，对诸如"真理""正义"等概念的重新阐释。小说中维达利舅舅给予主人公的"人生忠告"颇有后现代"真理缺席"的意味："在不久的将来你一定会目睹许多丑陋和卑鄙。你会看见人被杀死，被吊死，被枪毙。这一切都屡见不鲜，不甚重要，甚至毫无新意。但这是我给你的忠告：永远不要做一个笃定的人，不要得出任何结论，不要下论断，尽量让自己保持简单。要记住，这个世界上最大的幸福——认为自己对周围的生活有所理解。但是你却没有意识到你仅仅是表面上理解了生活；过了一段时间以后，回首之时，你又会发现当时的自己错得多么离谱。而再过个一两年，你就会确信前一次的反思也只不过是错上加错。你会不断地发觉自己的错误，没有止境。不过这也是生活中最重要、最有趣的部分。"

小说中屡屡出现关于"死亡"的场景描写与对死亡的深刻思考。"死亡"作为存在主义哲学的核心命题是加兹达诺夫数十年创作的关注重点。正是"死亡"，这波德莱尔口中开往彼岸的"老船长"，纳博科夫笔下"时间的终结"，令人在尘世间的任何所得失去价值，进而令个体思考其存在的终极意义。加兹达诺夫的《克莱尔家的夜晚》从某种角度来说，就是一次对死亡的人类学实验观察。叙事者试图从各种各样的"死亡"中探寻这一终极命题的答案，尽管在小说的结尾处，主人公似乎还是没有回答出这一难题，但是身处文本之外，作为读者的我们或许已经在不经意间领略了答案：《克莱尔家的夜晚》，这一永恒的艺术品本身，不就是超越了时间与空间限制、克服了死亡的最好例证吗？而这部小说的本质难道不就是作家那宝贵记忆所织就的艺术世界吗？这不正是加兹达诺夫给予我们的答案吗？

加兹达诺夫的任何一部作品在国内都尚未得到译介，即便在国内俄语文学界也仅为少数专攻域外文学的学者所熟知。现如今，随着中俄两国文化的广泛交流，俄罗斯 20 世纪域外文学的作品已经越来越多地进入普通读者的视野中。故希望通过介绍加兹达诺夫的成名作《克莱尔家的夜晚》，令广大的俄罗斯文学爱好者们了解这位流亡海外并被遗忘多年的优秀作家。透过加兹达诺夫的创作，读者们可以认识到俄罗斯 20 世纪的文学具有何其多样的现代性面孔。俄罗斯 20 世纪的经典文学不只有《静静的顿河》《日瓦戈医生》《大师与玛格丽特》，还有众多流亡者的宝贵作品。也许最终，一切真如流亡巴黎的女诗人季·吉皮乌斯所说，мы не в изгнании-мы в послании（我们不是被驱逐，而是被派遣），俄侨作家们努力保存下来的俄罗斯文化遗产将重赴这场迟到的约会，在与我们一次次的相遇中展露真容。

2021 年 3 月 22 日于神仙岭

克莱尔家的夜晚

"我的一生只为/与你忠实的约会"——《叶甫盖尼·奥涅金》

　　克莱尔病了。我整宿整宿地陪着她，在她那儿坐到深夜。每当离开时，我都无一例外地错过了最后一班列车，只好沿着雷努阿大街步行回到圣米歇尔广场附近的公寓；半路经过军事学院[①]的马厩，拴马的铁链叮当作响，一股在巴黎少有的浓烈马汗味扑面而来。我漫步在狭长的巴比伦大街，街角处的照相馆橱窗上张贴着一幅斜面拼贴风格的肖像海报，这是某位知名的作家。海报上的他架着一副欧式角制眼镜，正借着远处路灯的微光，用他洞晓一切的双眸目送我踏过半个街区，直到最后一脚跨进拉斯巴耶

---

① 原文为 École Militaire

大道的阴影。我最终走到了住所。几个衣衫褴褛、行色匆匆的老太迈着软绵绵的小碎步超过了我。此时，塞纳河面上的万千灯火在沉沉黑暗中闪烁。当我从桥上眺望时，竟生出一种错觉来：我仿佛置身港口，海面上停满了灯火通明的异国船只。临上楼之前，我最后一次扭头望向塞纳河，随后便匆匆回到了房间。一躺上床，我立马陷入一片深沉的黑暗；颤颤巍巍的形体在四周蠢蠢欲动，有时我的双眼甚至还未来得及捕捉它们大概的轮廓，这些模糊的东西就已经消散于无形；我在梦中惋惜它们的消逝，体会到一种虚幻的、难以理解的忧伤。在这种无法解释的、白日里从未有过的状态下，我既清醒地活着，却又仿若沉入梦乡。这本该让我大为光火；可每到第二天清晨，梦里的一切被忘得一干二净，昨晚最后的记忆仅仅停留在"我又一次错过了列车"。到了晚上，我又去了克莱尔家。她的丈夫在几个月前出差锡兰未归，我们有了独处的机会；唯一打搅我俩的是她家的女仆人。她总是用一个木质托盘递上些茶点，托盘上工笔勾画着一个细长的中国小人儿。女仆大约四十五岁，戴着一副夹鼻眼镜，所以这令她看起来丝毫没有女仆的样子。她总是走神，不是忘记放糖的小夹子和糖罐，就是记不起摆放小茶碟或茶匙的位置。当我和克莱尔独处时，她不时来询问克莱尔是否需要什么。而克莱尔不知道为什么，一向以为如果她不命令仆人做些什么的话，一定会伤透仆人的心。所以她会吩咐说："噢，是的，请把唱片机从先生的书房里拿来，谢谢。"尽管这完全多余，因为当女仆摆放好机器离开房间后，克莱尔转眼就会忘记一切，唱片机会一动不动地被遗忘在原地。她的女仆每晚要来回折腾五六次。终于有一次我告诉克莱尔，她的女仆保养得真好，虽然在这个年龄，也葆有少女般轻盈的步伐，丝毫不知疲倦。不过有一点在我看来实属反常：她要么是有多动症，要么就是出现了尚不明显但确凿无疑的智力衰退，这当然与她年岁的增长有关。克莱尔一脸遗憾地瞧着我，一边奉劝我把独有的俄式机智发挥在其他方面，而不是讽刺她可怜的女仆。克莱尔觉得，我应当先好好反省自己昨晚的表现，因为我又穿着污迹斑斑的外套来找她。而前天，我居然胆敢把手套脱在床上，还亲昵地搂过她的双肩，就好像我不是用握手，而是用搂肩与人打招呼，这简直是闻所未闻的荒唐。如果真要细数我所有不合礼数的过错，那恐怕要一口气说上，她略作思考后说，五年之久。她十分严肃认真地说了这些话，这让我感到内疚，没想到这些琐碎小事令她如此伤心，我乞求她的原谅；但她扭过头用手帕捂着双眼，肩背一耸一耸地颤抖。不过当她最后转身看向我时，我却发现，她其实是在偷笑。她告诉我，她的女仆经历了一段寻常的浪漫史。那个曾经许诺娶她为妻的男人现在果断拒绝了她，所以她总是一副心事重重的样子。"那她在思考什么呢？"我问克莱尔,"要知道他已经拒绝了她啊,难道这个简单的事实需要这么长的时间来消化吗?""您的提问总是太过直接,"克莱尔回答我说,"您不能这么和女人交流。她之所以沉思,是因为惋惜,您怎么就不明白呢?""这是一段很长的恋情?""不,"克莱尔回答说,"总共两个星期。""那就奇怪了,她一直都是心事重重的样子,"我说,"一个月以前,她也是像现在这样忧心忡忡和想入非非啊。""天哪,"克莱尔喊道,"那是另一段恋爱了!""那就说得通了,"我回答说,"请原谅我的愚钝,我实在没想到,您这位戴夹鼻眼镜的女仆居然还是一位深藏不露的女唐璜,只不过她是一心想要出嫁,而那一位,恰恰相反,对婚姻避之唯恐不及。"不过克莱尔打断了我的讥讽,转而满怀激情地朗诵一段广告词。她一边读,一边笑得直流眼泪:

正牌鲵牌壁炉的幸福买家
永远不会被本厂遗忘①

接着我们的话题又回到了唐璜,再然后,不知道怎么地,我

---

① 原文为法语:Heureux acquéreurs de la vraie Salamandre/Jamais abandonnés par le constructeur!

们聊起了苦行僧，聊起了大主教阿瓦库姆。当讲到①圣安东尼的诱惑时，我打住了，因为印象中，克莱尔对这样的话题并不感兴趣。她偏爱戏剧和音乐方面的话题；不过她的最爱是笑话。她知道很多段子，常常向我讲些有趣，但也低俗不雅的荤段子。于是，我们的交谈性质有了突然的转变：即使最平常不过的言辞在这样的语境下都成了双关的暗示。克莱尔的双眸大放异彩；而当收敛笑容时，她摆出一副细眉紧蹙的模样，眼神变得迷离，甚至流露出几分邪魅的坏意；可当我稍稍靠近她一点时，她立马生气地哑声说"您真是疯了"②，我不得不远远躲开。可她又展露出笑容，似乎在说："天哪，他可真是单纯！"③ 这时，我继续着方才的话题，言语之间却极力表现出激愤和懊恼。平时毫不在意的事物此时都让我火冒三丈，恶语相向，我似乎在为刚刚的失败寻求发泄。克莱尔却一脸讥笑地连声附和；因为她的"大度让步"，我的失败变得越发明显。"对，您讲得可真有意思啊。"④ 她评价道，毫不掩饰脸上的讪笑。不过这当然与我的话题无关，她是在嘲笑我方才的窘态，而言语中那个轻蔑的"啊"则更是说明，我

① 大圣安东尼（约251—356年），又被称为埃及的圣安东尼。罗马帝国时期的埃及教父，是基督教隐修生活的先驱。他曾在沙漠中隐居数十年，其间一直受到魔鬼诱惑。
② 原文为法语：Mais vous êtes fou.
③ 原文为法语：Mon Dieu, qu'il est simple!
④ 原文为法语：Oui, mon petit, c'est très intéressant, ce que vous dites là.

的自证清白在她眼中毫无意义。我竭力把持住自己，再一次抑制了靠近她的冲动，因为我明白现在已是深夜。我强制自己想点别的东西，克莱尔的声音在耳边变得模糊不清。她一边大笑，一边分享一些琐事，我聚精会神地听着，直到最后才发觉，克莱尔只是在打趣。我此刻懵懵懂懂、一无所知的模样逗乐了她。第二天，我来找克莱尔和解；我保证不再冒犯她，并且避开那些可能重复昨晚尴尬场面的话题。我谈起了亲眼所见的一切伤心往事，克莱尔变得安静严肃，有感而发地说起她母亲的死。"坐这儿来。"① 她指了指床沿，我挪近她的身旁，她将头轻轻枕在我的大腿上，说："是的，亲爱的，这令人悲伤，我们都是不幸的人儿。"② 我一动不动地听着，生怕一个微小的举动打破了她的伤感。克莱尔用手捋着被子，一会儿捋过这一侧，一会儿捋过另一侧；她的忧伤仿佛随着动作无意识的重复而消散。后来，她自己也意识到了动作的重复，最终，当注意到小拇指修剪不齐的指甲盖时，她才停止了捋动，并将手伸向放有指甲钳的床头柜。克莱尔又突然露出异样的笑容，就好像追溯一段久远回忆时被令人愉快的思绪突然打断；在那一瞬间，克莱尔眼神迷离地看着我。我

---

① 原文为法语：Asseyez-vous ici.
② 原文为法语：Oui, mon petit, c'est triste, nous sommes bien malheureux quand même.

小心翼翼地将她挪回枕头上。"不好意思，克莱尔，我把香烟忘在风衣的口袋里了。"我起身走进前厅，背后传来了克莱尔的轻笑声。当我回来时，她问我："我感到很惊讶。我记得，您一向都把香烟放在裤子口袋里，您的习惯变了吗?"①

她直勾勾地注视我，一边大笑一边表示同情。我明白，她心里清楚我离开房间的原因，何况我当时又疏忽大意地从裤子后兜里掏出了香烟。

"请您说说看，"克莱尔一副假装无知的样子追问我，"风衣和裤子有什么区别?"②

"克莱尔，这太残忍了。"我回答她。

"我真是弄不懂您，亲爱的。打开唱片机吧，这能让您高兴些。"③

那天晚上，当我离开克莱尔家时，从厨房飘来女佣轻柔、颤抖的歌声。她不无悲伤地唱着一首欢乐的曲子，这让我有些惊讶。

---

① 原文为法语：J'étais étonnée tout à l'heure. Je croyais que vous portiez vos cigarettes toujours sur vous, dans la poche de votre pantalon, comme vous le faisiez jusqu'à présent. Vous avez changé d'habitude?
② 原文为法语：Dites-moi, quelle est la différence entre un trench-coat et un pantalon?
③ 原文为法语：Je ne vous reconnais pas, mon petit. Mettez toujours en marche le phono, ça va vous distraire.

这是粉红的衬衣，

里面是一个女人。

光鲜靓丽就像绽放的花朵，

单纯得像田野里的花朵。[①]

　　她在歌词中倾注了许多感伤与慵懒的忧郁，这赋予歌曲一番不同于寻常的韵味。那句"光鲜靓丽就像绽放的花朵"即刻令我联想起女佣沧桑的脸庞，她的夹鼻眼镜，她的罗曼史，还有她一贯的深思模样。我将此事告诉了克莱尔；她只是对女佣的不幸表示同情，鉴于克莱尔不可能有类似的遭遇，这并没有引起她感情上的共鸣或者担忧，她对歌曲本身很感兴趣；

这是粉红的衬衣，

里面是一个女人。

　　她用各种语气念白，一会儿疑问，一会儿肯定，一会儿庄重，一会儿戏谑。以至于后来，每当我在大街和咖啡馆里听见这

---

① 原文为法语：C'est une chemise rose/Avec une petite femme dedans,/Fraiche comme la fleur éclose,/Simple comme la fleur des champs.

段旋律时，都感到浑身不自在。有一天我在克莱尔家痛批这首歌，批评它太过法国气，太低俗。只有轻佻肤浅、爱抖小机灵的人才会喜欢，但凡有些才华的作曲家都不拿正眼瞧它一下。"这就是为什么法国人内心总与严肃事物格格不入，"我说，"这种艺术与真正的艺术判若云泥，就好比人造的珍珠和真品的差异。它缺少至关重要的东西。"我穷尽了所有的论据，对自己也越发生气。克莱尔点头表示赞同，接着牵起我的手说："这里只缺少一样东西。"①

"是什么?"我问道。

她扑哧笑出声来，一边唱道：

> 这是粉红的衬衣，
>
> 里面是一个女人。

克莱尔逐渐康复，接连几天没有卧床休息，而是仰坐在了扶手椅或者长躺椅②上，她自我感觉相当不错，还要求我陪她看了一场电影。散场以后，我们在午夜的咖啡馆又坐了将近一个小

———————————

① 原文为法语：Il n'y manque qu'une chose.
② 原文为法语：chaise longue

时。这一晚，克莱尔对我格外刻薄，频频打断我。当我讲笑话时，她强忍住笑意，似笑非笑地对我说："不，这并不有趣。"[1]她的心情在我看来糟糕极了，以至于她觉得别人都心怀不满，窝着一肚子火气。她甚至一脸惊讶地问我："您今晚是怎么了？您平常可不是这样。"[2]尽管我与平时并无二样。夜里下着雨，我将克莱尔送回家。当我在门口吻了吻她的手以示告别时，她突然厉声说："诶，进来吧，喝杯茶！"[3]但她的语气是那么激愤，就好像是在下逐客令，仿佛在说："哼，快走吧，难道你没看见我已经受够了吗？"我进了屋。我们默默地喝茶，一言不发。我心里难过极了，我走近克莱尔，说：

"克莱尔，请别生我的气。为了与您重逢，我等了十年，而从未索求过任何回报。"我想接着告诉克莱尔，这长久的等待至少让我有理由乞求最起码的宽容相待，但克莱尔的灰眸突然变得深沉幽暗；我惊恐地看着她，因为这一刻的我已经等待得太久，甚至不再抱有希望。克莱尔紧紧地贴近我，她的乳房抵住我夹克上衣的双排硬扣；她拥抱着我，脸庞离我越来越近；不知怎么地，我甚至惊讶地感到一阵冷气从她口中扑出，这是之前在咖啡

---

① 原文为法语：Non, ce n'est pas bien dit, ça.
② 原文为法语：Mais qu'est ce que vous avez ce soir? Vous n'êtes pas comme toujours.
③ 原文为法语：Mais entrez donc, vous allez boire une tasse de thé.

馆尝过的冰淇淋的香气。克莱尔说："怎么，难道您还不懂吗？"[1]我感到一阵颤抖扫过她的全身上下。克莱尔迷离的双眼是多么变化莫测，一会儿显得残忍无情，一会儿显得放荡，一会儿泛着盈盈的笑意。我久久地凝望着这双迷离的眼睛；当她睡着后，我侧身转向墙壁，一阵熟悉的忧郁向我袭来；它弥漫在空气里，它透明的波浪沿着克莱尔的双腿和胸峰轻轻抚过她的裸体忧郁还化作无形的气息从克莱尔的嘴中呼出。我躺在克莱尔的身边却无法入眠。当我把目光从克莱尔略显苍白的脸庞移开时，却发觉，克莱尔卧室墙纸的蓝色突然微微发亮，变得异常。深蓝色，这个我紧闭双眼时看见的颜色，对我而言，一直意味着某个已然知晓，但却模糊不清、一闪而逝的奥秘，仿似意犹未尽，戛然而止，又好比某种精神力的骤然停歇和消亡，最后取而代之的是一片深蓝色的背景。现在它焕发出光芒，就好像那股力量还未耗尽。盈亮的深蓝色在它自身中寻找到一股出人意料的、柔和的悲伤意味，恰巧映衬着我此时的感受，也毫无疑问地与克莱尔相关。被截去手腕的亮蓝色阴影们坐在房间的两把扶手椅上。它们冷漠地敌视对方，就好像命运相仿的两人因不同的过错而承受着相同的责罚。淡紫色的墙纸花边曲折成波浪线，仿佛标记出一条水路，鱼儿沿

---

[1]　原文为法语：Comment ne compreniez vous pas?

着它一直游向某片未知的大海。窗户敞开着，一切都竭力透过飘动的窗纱，可我唯独感受不到自远处吹来的气流，它披着亮蓝色的光彩，携着狭长的记忆走廊，回忆像雨点一样抑制不住地滴落。但克莱尔从梦中醒来，翻过身嘟囔说："您还没有睡吗？睡吧，亲爱的，明天一大早您就累了。"① 她的双眸又变得深沉昏暗。可她无力抵御睡意的侵袭，话音未落，就又坠入梦乡；她的眉毛高高挑起，就仿佛她在梦中惊讶于现在发生的事情。"她会为此感到惊讶"这一现象本身很好地说明她的一个特点：无论是身陷梦境，还是沉浸于忧伤或其他感受，无论这有多么强烈，克莱尔都不会失去自我；即使最为巨大的动荡都无法改变这个完美的身体，无法摧毁她极致的、所向披靡的魅力。为了追寻克莱尔，我耗费了十年的人生，无论何时，无论何地，我都没有忘记她。"但是所有的爱情都有悲伤的一面，"我回想起这句话，"但凡得到终会失去，凡是不得终会惋惜。"从前，当克莱尔属于别人时，我像错失宝藏一样难过。现如今，我躺在她的床上，躺在她巴黎的家中，躺在室内亮蓝色的云雾里，在此之前我几乎无法想象这一切。而现在，当这一切围绕着克莱尔白皙的裸体，充满

---

① 原文为法语：Vous ne dormez pas? Dormez toujours, mon petit, vous serez fatigué le matin.

诱惑的茂密毛发遮盖住的羞涩私处时，我却感到惋惜，惋惜自己不再对克莱尔有所憧憬。只在许久以后，当我再幻想出另一个克莱尔的形象时，她才在别种意义上再次变得超凡脱俗，就像她的肉体、毛发、亮蓝色的云雾在此之前是那般触不可及。

我想起克莱尔，想起陪伴她的一个个夜晚。渐渐地，我回忆起了此前的一切：我既不明白，也无法说清发生的一切，这让我感到难过。那一晚，我比以往任何时刻都更清楚地意识到，无论如何，我都无法骤然把握和感受那川流不息的思绪、印象与感觉，它们像是一长串幽影呈现在我的记忆中，模糊地投影在滞后的想象力的流动镜面上。其中给我带来最为深刻而美妙体验的当属音乐，但如果要一味追逐它奇妙而短暂的存在，也仅仅是水中捞月，而我并不能这样生活。在音乐会上，我常常会突然理解到原本不可捉摸的事物。音乐突然激发了我原以为并不具备的纯物性的感官能力，但是随着最后一个音符的渐弱，这些感受也会消逝，我又重新被抛入平日里的迷茫和模糊中。这种病症将我置于现实与虚幻之间，我无法分辨想象的造物和基于事实的真切感受。这似乎是一种精神触觉的先天缺陷。所有事物在我眼中都近乎丢失了物理意义上的轮廓。因为这个奇特的缺陷，我从未完成过哪怕最为糟糕的素描。后来在中学里，我绞尽脑汁也无法理解图纸上复杂的线条，尽管清楚地知道它们交错的目的。但另一方面，我的视觉记忆却高度发达。我至今也弄不明白如此显然的矛盾是如何得以共存的。这算是我身上无数矛盾中最早被发现的一个，这些矛盾后来让我深陷抽象能力匮乏的境地。它们让我坚信了一点，即我无法理解抽象概念的本质，这也导致了我的不自信，所以我一度十分胆小。而之所以我野蛮粗鲁的名声在外，在某些如我母亲那样的人看来，其实是因为极度渴望战胜素来的不自信。后来我养成了与各类人群交流的习惯，甚至还摸索出一套严格奉行的交谈策略。其实这些思想简单易懂，广为接受，几乎是常识性的，它们的本质既与我格格不入，又引不起我的兴趣，但我却无法克服身上小小的好奇心，乐意于以此引导他人向我祖露心声。他们有失体面的卑微坦白从没引起过该有的厌恶。这本是合情合理的反感，但却从未出现过。我想，这是因为负面情感的锐利和强烈并不符合我的本性，我对外在的事物往往抱有极端冷漠的态度。对我而言，只有内心深处的世界才是无可替代的。不过在童年时，它多少还是与外部世界有些瓜葛。后来，我与内心的存在渐渐疏离，它变作了一间暗室，弥漫着伸手可触的浓雾，为了回到那里，我必须跨越一段鸿沟。鸿沟的间距随着我的生活经历、所思所想、所见所闻的积攒而不断地扩宽。有时我会惊恐地意识到，也许在未来的某一个时刻，我会永远失去返回自身的可能，届时我将是一具行尸走肉。每当想到这一点，我的脑海里都会浮现一个贪食垃圾坑里残羹剩饭的狗头。但是，幻想与现实交织的危险也从未远离过我，我将其视作一种疾病。有时病发突然，我甚至感觉不到自己的真实存在。嗡鸣与清响在我耳边萦绕，我拖曳着沉重的肉身勉力迈步，空气密实得就像凝固了一样，四周幻象迭生，构成一道道晦暗不明的风景，脑海里的惊奇暗影轻快地穿行其中。在这样的时刻，我丢失了记忆的能力。尽管我可以轻而易举地牢记整页的内容，但记忆力其实是我最孱弱的能力。它总是给我所有的回忆披上一层透明的、晶莹闪烁的蛛网。它神奇地搅动回忆，变换它们的位置。结果不是思维，而是对感受的记忆变得愈加丰富和有力。我不知道人生中最初的感觉是什么，我从未追溯到那儿去。在六岁的时候，我第一次意识到一件事情的发生并认识到它的原因。而在八岁时，得益于相对大量的书籍阅读（大人们把这些书锁了起来，不过我终究还是翻了出来），我掌握了用文字表达思维的技巧。那时我写了一篇很长的关于猎虎的小说。我只记得一件童年早期的事情。那时候我才三岁，我的父母在离开彼得堡不久后又回来住了一段日子。他们应该在内阁街的外婆家暂住了两个星期左右，那儿也是我出生的地方。那儿四楼的窗户统一朝向内院。我记得当时，我一个人正在客厅给兔子玩偶喂胡萝卜，胡萝卜是我问厨娘要来的。突然，院子里传来的一阵奇怪响声引起了我的注意。它听起来像是微弱的呼噜声，可时不时又被曳长的金属嗡鸣声打断。我靠近窗户，费力地踮起脚尖，可无论如何都瞧不见内院。于是我推来一张大扶手椅，借助椅子爬上了窗台。这时候我看见两个拉锯的工人站在空荡荡的院子里。他们有节奏地一前一后拉动木锯，就像扭上发条的劣质金属玩具。他们也偶尔停下来歇一口气。这时候骤然静止的铁锯刀片在空中震颤，发出嗡嗡的响声。我看得入了迷，不知不觉地探身越过窗口，整个上半身都悬搁在空中。锯木工人发现了我：他们木立着，抬头看向我，却没说出一句话来。那时已是九月末，我突然感到吹过一阵寒风，卷起袖口的手腕已经冻得微微发僵。母亲在这时走进了房间。她蹑手蹑脚地靠近窗台，将我一把抱住，关上窗户，接着就昏厥过去。这件事给我留下了极其深刻的印象。另一件令我印象尤为深刻的事情发生在很久以后。但这两段回忆都能让我瞬间回归童年，回到那段我如今已经难以理解的日子。

第二件事情发生在我刚刚学会识字的时候。我在一本儿童故事选中读到一个乡村孤儿的悲剧。村里的女老师出于可怜收留他在学校学习。这个孤儿常常帮助学校的门卫生火和打扫房间。他学习勤奋刻苦。可是有一天，一把大火烧毁了学校。他无家可归，只能孤零零在严寒中流浪街头。后来，再没有任何一本书能给我留下如此深刻的印象：我仿佛亲眼看见这个不幸的孤儿，看见他死去的爸爸和妈妈，还有火灾后的学校废墟。我心里感到十分痛苦，以至于号啕大哭了两天两夜，寝食难安。我的父亲很生气地说：

"看看，这就是让孩子早早读书的结果。他需要去跑步，而不是阅读。天哪，还好为时未晚。为什么儿童书里要写这种故事呢？"

父亲去世的那一年，我才八岁。我记得母亲如何把我领向他的病床。这是自父亲生病一个半月以来，我们第一次见面。他消瘦的脸庞、黑黢黢的胡茬还有焦灼的双眼令我大为震惊。他摸摸我的头，低声嘱咐母亲：

"照顾好孩子们。"

母亲无法回答他。这时他格外使劲地挣扎说："天哪，即使做一个牧童，一个普通的牧童，只要能让我活下来！"

随后母亲打发我离开房间。我走进花园，脚底的沙子发出咯吱咯吱的响声，天气炎热，阳光明媚，四周视野开阔。在马车里我对母亲说：

"妈妈，父亲的情况看起来还不错，我以为会糟糕得多。"

她什么也没有说，只是将我的头轻轻地靠在她的大腿上，我们就这样回到了家。

我在回忆中总是能体会到一种难以言表的快乐：沉浸在复活

的记忆片段里，我仿佛看不见，也记不起现实中随后发生的一切，我一会儿变作军事学校的武备生，一会儿是一个小学生，一会儿又成了一名士兵，在仅有的三个形象间变幻，除此之外的一切都不复存在。我习惯于生活在虚构的"过去"。我在想象的世界中把握无限的权力，不服从于任何人和任何意志。我会长久地躺倒在花园里，将生活中的熟人们置于幻想的情景中，让他们凭我个人的意愿而行动，这份幻想的快乐逐渐变成了习惯。后来突然有这么一段日子：我失去了自我，甚至认不出画像中的自己。那时候我的阅读量不小。我还记得陀思妥耶夫斯基文集第一册的作者肖像；大人们从我手上夺走了这本书，然后锁了起来。但我打碎了书柜的玻璃屏风，从浩如烟海的藏书里抽出了带肖像的这一本。我在阅读上从不挑食，可是不喜欢别人硬塞给我的书，也讨厌《金色图书馆》系列丛书，然而安徒生和威廉·豪夫的童话是例外。那段时间里，我几乎感觉不到自身的存在。在读《堂吉诃德》时，我想象着小说中发生的一切，这想象几乎是自然而然发生的，没有经过任何人为的努力。我没有参与愁容骑士的光荣战斗，既没有嘲笑他，也没有嘲笑桑丘·潘沙。我本人似乎根本不存在，就好像是另外一个人在阅读塞万提斯的著作。我想，那是一段努力阅读和成长的岁月，我完全处在无意识的生存状态，就好像灵魂陷入了深度昏厥。在我心间只存有一种感受，它在当时已经彻底成熟并从此以后一直伴我左右，这是一股澄澈透明的、无缘无故的、模糊的忧伤感。有一天，我离开家，在泛着褐色的田野间散步，远处山沟里尚未消融的雪层反射着春日的阳光。洁白柔和的光线突然闪耀在我眼前，这一切是那么不可思议，那么美丽，以至于我激动得想要号啕大哭。几分钟后，我走到了发光的地方，那里只有覆盖在黑土地上肮脏蓬松的雪堆；它泛着肥皂泡似的蓝绿色莹光，全然不是我从远处看见的闪耀模样。在很长一段时间里，我都记得当时幼稚的失望感和那个雪堆。几年以后，当我读到一本缺少封页的感人书籍时，那个春天的田野，远处的雪堆，还有只要一走近就能看见的、肮脏的、融化了的雪渣突然浮现在我脑海。"再没有其他了吗?"我反问自己。人生在我看来也不过如此：在尘世间度过一段岁月后，我将迎来最后的时刻并死亡。怎么? 就再没有其他了吗? 这就是那段时间里我唯一的内心活动。与此同时，我还读了许多外国作家的作品，它们尽是有关异域和遥远时代的故事，这个书中的世界渐渐被我内化，以至于西班牙风格与俄罗斯风格的场景在我看来都变得毫无差异。

这样的状态持续了一年，直到临近升上中学时才消失。直到那时，我对现实的感受才变得明晰，接下来在中学里我得到的仅仅是表面上的知识扩增，它们都微不足道。我的内在生活开始独立于周围的事件。内在的一切变化都完成于暗处，不受学校里的行为评价、惩罚和失败的影响。那段完全沉浸于自我的岁月已经淡化并逐渐远去，只是偶尔回归，像已经缓解但无法根治的顽疾。

我们一家总是从一处搬往另一处，偶尔还会长途迁徙。我还记得搬家时的手忙脚乱，成堆的笨重行李，还有我喋喋不休的提问：放银饰的篮子里有什么？装大衣的口袋里有什么？父亲总是一副无忧无虑、兴高采烈的模样，母亲保持着严肃的神情。她操心着行李的安置和行程安排。她生怕迟到，时不时看一眼当时流行挂在胸前的小金表，而父亲惊讶地看着她并安慰说：

"你看，我们还有很多时间。"

不过迟到对他来说算是家常便饭。有一回，他提前三天记起了要出差的事情，并且信誓旦旦地宣称："这一次我一定不会迟到。"我们相互亲吻告别，我的小姐姐还流了眼泪，可是半个小时以后，他又像从前那样折回来了。

"我真不明白，这是怎么回事。按照我的计划，至少还有十四分钟。可是一到车站，他们就告诉我火车刚刚开走了，真是奇了怪了。"

他总是忙于化学实验、地理工作和社会问题，全身心地投入其中，无暇顾及其他，就好像其他事压根儿不存在一样。尽管如此，父亲还是醉心于两件事：火灾和打猎。每当发生火灾时，他都迸发出惊人的能量。他竭尽所能地从着火的房子里抢救家什物件。得益于他强壮的体魄，不少柜子都在他的肩背上幸免于难。有一次在西伯利亚，一位富商的家宅着火了，父亲巧妙地顺着木梯滑下保险柜。顺带一提，不久前父亲还向这名商人求租另一栋住宅里的套房。但商人在得知父亲不是生意人后，断然拒绝了请求。火灾过后，商人登门拜谢并恳请父亲搬入他的宅邸，甚至带着一些礼物。父亲有些不明所以，因为他早已忘记了火灾的事情：他乐于助人，但不仅仅是因为同情，还因为对火焰抱有一种古怪的喜爱。但商人一再坚持，傻头傻脑地解释说："难道我当时能预料到您会救出我的保险柜吗？"父亲终于明白了他的意思，一边生气地说"您在说些什么蠢话，我还忙着呢"，一边赶走了商人。

父亲喜欢运动，他是一名优秀的体操运动员和不知疲倦的骑手。他常常嘲笑两个龙骑兵士官表兄的骑术。按他的话讲，"直到毕业，他们也没能在骑术学院里学会骑马。而且他们从小就对此一窍不通，他们之所以入读骑术学院是因为那里不用学习代数"。除此之外，他还是出色的游泳健将。我从未见过谁能像我的父亲一样，在深水处完成一系列不可思议的动作：他可以在水中如坐平地，甚至抬起双腿，令身体弯曲成一个锐角，然后像梭子一样突然在水里旋转。我还记得，小时候的我是怎样赤身坐在岸边大笑，搂住父亲的脖子，伏在他毛茸茸的宽厚肩背上洇到对岸。他还痴迷打猎。有时在一天一夜紧张疲惫的捕猎后，父亲驾着无座雪橇回到了家里。雪橇上的驼鹿尸体睁圆了晶莹剔透、失去活力的眼睛。他在高加索狩猎过野山羊。对他来说，受邀前往几百公里外的地方打猎是小菜一碟。他从不生病，也不知疲倦，能在满是烧瓶、蒸馏器和装着黏性物的箱子的房间里一连待上许多个小时，接着立马出门打猎，追逐野狼三天三夜，几乎不合眼休息。狩猎回来以后他又立马坐在书桌前，就好像什么都没有发生一样。整整一年的时间里，他每晚都用石膏粘制高加索地图，准确标记每一个地理细节。有一天，恰巧父亲不在，我走进他的工作间。父亲制作好的石膏地图被放在架子高处。我伸长了胳臂，想要拽动它。结果它掉了下来，在地板上摔得粉碎。父亲听见响动后走进房间。他责备地看着我说：

"柯利亚，没有我的允许，你不可以进入工作间。"

接着他用肩膀驮起我，带我去母亲那儿。他告诉了母亲我打碎地图的事情，还说："你看看，现在不得不从头开始了。"他着手工作，直到第二年年底才完成了地图。

我对父亲知之甚少，但却了解最关键的一点：他喜爱音乐，能长久地静坐着欣赏一段旋律。但他不能忍受钟声。他无法理解，也仇视一切令其稍微联想到死亡的事物。所以他讨厌墓地和纪念碑。在明斯克的时候，有一天，我发现父亲格外紧张，神情失落，这实属罕见。原来他得知了一位猎友的死讯。这是一名可怜的小公务员，我并不记得他的名字，印象中他身材高大，秃顶，眼神无光，衣着寒酸。可每当说起松鸡、兔子和鹌鹑时，他就变得十分活跃。他偏爱这些小野禽。

"猎狼不能称为打猎，谢尔盖·亚历山德罗维奇，"他气鼓鼓地和父亲争论，"这是闹着玩，猎狼是闹着玩，猎熊也是闹着玩。"

"怎么是闹着玩？"我的父亲很愤慨，"那打驼鹿呢？打野猪呢？您知道什么是野猪吗？"

"我不了解野猪，谢尔盖·亚历山德罗维奇。但是我再和您说一次，您是不可能说服我的。"

"那就随您的便吧，"父亲突然平静下来，"那喝茶呢？您也觉得是闹着玩吗？"

"不，喝茶不是，谢尔盖·亚历山德罗维奇。"

"那我们喝杯茶吧。您都在扯些鸡毛蒜皮的东西。倒是让我看看您能喝几杯茶。"

在明斯克的时候，这名小公务员和画家西波夫斯基是我们家的常客。西波夫斯基是一个高个老头，身形魁梧，肩宽体厚，总是扬着两道怒眉。他是个灵缇犬猎人以及艺术爱好者。他的口袋深不见底。有一次，他来我家扑了个空，家中除了我和保姆，谁也不在。他一直看着我，结结巴巴地问道：

"公鸡，见过吗?"

"见过。"

"害怕吗?"

"不害怕。"

"那你看好了。"

他把手伸进口袋里，竟从那儿掏出一只活蹦乱跳的大公鸡。公鸡用爪子蹬了蹬地板，开始在前厅打转。

"您拿公鸡干什么?"我问他。

"画画。"

"它不会顺从地坐着不动。"

"但我会让它乖乖听话。"

"不，您做不到。"

"不，我可以。"

我们进了儿童室。保姆挥舞着双手把公鸡赶了进来。西波夫斯基一只手按住公鸡，另一只手用粉笔在地上绕着它画了一个圈。出乎我意料的是，公鸡摇晃了几下，就静止不动了。西波夫斯基快速地描摹起来。我还记得他的另一幅画：一名猎人歪斜着骑在马上，身前的两条灵缇犬正死死地制住野狼。猎人红光焕发，露出无所畏惧的表情。画中的四条马腿不知怎么地交错在一块儿。西波夫斯基把这幅画赠给了我。我非常喜欢一切动物画，对各类野生动物了如指掌，尽管我从未有过亲眼观察的机会。卜列姆的三卷本，我从头到尾通读了两遍。当我恰好在读《动物生活》第二卷时，父亲的拉维瑞克赛特犬下崽了。他将还未睁眼的狗崽子分送给熟人，只给自己留下了一只最强壮的小狗。三天后的晚上，那个小公务员来找父亲。

"谢尔盖·亚历山德罗维奇，"他甚至没和我们问好，就哭丧着说，"您把所有的狗崽子都送出去了吗？怎么，没有我的份吗？"

"忘记了。"父亲有些尴尬，看着地板回答说。

"所以一只也没有剩下吗？"

"有一只，留给我自己的。"

"送给我吧，谢尔盖·亚历山德罗维奇。"

"不行。"

小公务员绝望地说："谢尔盖·亚历山德罗维奇，我是一个诚实的人。既然您不愿意送给我，那我就决定偷走它。"

"您尽可以试试。"

"如果我偷走了，您又没有发现呢？"

"那就是您走运。"

"您不会向我讨回去?"

"不会。"

小公务员离开后,父亲突然大笑起来,高兴地说:

"这就是猎人啊,我可太懂了。"

几天以后,当狗崽子真的失踪以后,父亲甚至感到十分满意。他还故作生气地说:"看吧,这个家里啥都放不住。"保姆出人意料地支持父亲,附和他说:"今天是狗崽子,明天就是茶炊要被顺走了。"姐姐的好奇心格外强烈,她追问母亲:"然后是钢琴吗,妈妈?"不过显然,父亲一点儿也没有因为狗崽子的失踪而生气。在这以后,小公务员一直没来过我家。直到两个星期以后,他才露脸。"那狗怎么样?"父亲问他。小公务员没有回答,只是咧着嘴大笑。那只小狗长得很快,小公务员给它取名"特雷佐罗"。每当小公务员来我家做客时,特雷佐罗都会伴随其后,我们几乎把它当作自己人。有一次,父亲出门了,母亲在房间里看书,那是秋后阳光明媚的一天。特雷佐罗伸长了舌头,一脸血迹地从某个角落里飞蹿出来,直奔向我,一边狂吠,一边咬住我的裤子,想让我跟着它。我跑在它身后,一路穿过城郊的犹太区,来到了城外的田野。在那里我看见了小公务员,他脸朝下,一动不动地扑倒在草地上。我扯了扯他的衣服,大声喊叫,试图翻起身看看他的正脸,但他还是死死地扑倒着。特雷佐罗舔着他血迹斑斑的秃顶，渗出的鲜血早已干涸结痂。接着特雷佐罗蹲坐着，开始放声嚎叫，它因嚎叫而喘不上气来，一会儿尖叫狂吠，一会儿哀嚎。我害怕极了。我们三个待在旷野上，风从河面上吹来。可怕的旧式猎枪倒在小公务员的身旁。我不记得自己是怎么跑回家的。一看见父亲，我立马告诉了他所有的事情。父亲刚到家，听完后皱起眉头，二话不说就跨上还没卸鞍的马匹，直奔田野。二十分钟后，他回来了，并向我们解释说，小公务员在给猎枪填弹时走火了，一整发霰弹让他的脑袋开了花。父亲因此消沉了好几天，不苟言笑，甚至没有关心过我。在午饭或者晚饭餐桌上，他会突然停止咀嚼，陷入深思。

"你在想什么？"母亲问他。

"这是多么没有意义的事情啊！"他回答说，"人死得多么愚蠢！你看，他就这样没有了，而你什么也做不了。"

过了好长一段时间，父亲才恢复常态。他像从前一样，每晚为我讲述无穷无尽的童话故事：我们一家的航海历险记，而我是船长。

"我们不带上妈妈，柯利亚，"他说，"她害怕大海，这样只会妨碍勇敢的旅行者。"

"那就让妈妈待在家里吧。"我同意爸爸的观点。

"那么，我和你正航行在印度洋上。突然，海面上袭来一阵暴风雨。你是船长，所有人都向你求助。你镇定地下达命令。什么命令呢，柯利亚？"

"放下舢板！"我激动地大喊。

"噢，现在放下舢板还为时过早。你说的是：拉紧风帆，不要害怕。"

"他们立马去稳住风帆。"我补充说道。

"是的，柯利亚，他们去稳住风帆。"

我在童年里就这样完成了数次环球旅行，后来还发现了新岛屿。我成为一岛之主并修筑了跨海铁路，用火车将妈妈接到了岛上，因为妈妈很害怕大海，但她居然不以为耻。我养成了每晚都要听航海旅行故事的习惯，要是故事偶尔中断了，比如父亲正巧外出，我会难过得几乎泪流满面。但是之后，每当我坐在父亲的大腿上，不时地望向常伴左右的母亲平静的面孔时，一种真正的幸福在我心中油然而生，那是只有孩子或者心灵充沛的成年人才能体会到的感觉。但是后来，童话故事永远地中断了：我的父亲因病去世了。

他死前哽咽着说：

"我只有一个请求，不要请牧师，不要举行教会仪式。"

但神父还是参加了葬礼：父亲所厌恶的教堂钟声飘荡在上空。高高的蒿草在寂静的墓地里疯长。我恭敬地亲吻了蜡黄色的圣像额头。我被牵着走近棺椁，因为太过矮小，舅舅将我举了起来。这是我一生里最骇人的瞬间：我困难地挂在舅舅的手臂上望向棺内，看见了父亲黑色的胡须和紧闭的双眼。回音在教堂高耸的圆顶内嗡鸣，姨妈们的裙子窸窸窣窣，我突然看见了母亲扭曲僵硬的面孔。在那一刻我明白了一切，冰冷刺骨的死亡将我攥紧在手心，我感到一阵痛苦的狂怒，我瞬间看清了在无尽遥远处的人生结局，那也是同样的、我父亲这般的命运。我宁愿在那一刻死去，至少分担了父亲的命运，不再与他分离。我感到两眼昏黑，头晕目眩。人们将我领向母亲，她冰冷的手抚摸着我的额头。我望向母亲，可是她没有转向我，也没有注意到我站在她的一旁。我们很快离开了墓地，坐车回家。弹簧马车一路颠簸，父亲的墓地被抛在了身后，天空在我眼前左右摇晃，一切都无声无息从马车两侧掠过，渐行渐远。我们踏上了回家的路，可父亲还一动不动地躺在原地。我与他一同死去了，我的神奇帆船和盖满白色建筑的印度洋小岛也与他一同死去了。风吹进我的眼睛里。一道黄光陡然在面前闪过，那是令人难以忍受的如烈焰般的阳光，血涌上我的脑袋，我感到身体十分不适，一到家就躺倒在床：我患上了白喉。

印度洋，大海上黄澄澄的天空，黑色的舰船缓慢地劈开波浪。我站在舰桥上，玫瑰色的鸟儿盘旋在船尾，空气中嗡鸣着灼人的热浪。我孤身一人驾驶着我的海盗船。父亲在哪儿？当船只沿着岸边的一片密林驶过时，我透过瞭望镜看见了林间飞驰的身影，那是母亲健壮的溜蹄马，还有紧随其后的父亲的黑色快马，它正潇洒地撒开蹄子在密林中飞奔。我升起风帆，长久地与马儿们并驾齐驱。突然间，我看见父亲的脸转向我。"爸爸，你要去哪儿？"我喊叫着。父亲的回答声微弱又缥缈，我并没有听清。"去哪儿？"我重复问道。"船长，"水手对我说，"这个人已经被带往墓地。"果然，一辆空荡荡的没有驭手的灵车正沿着土黄色的道路缓缓向前。白色的棺椁在阳光下闪闪发光。"爸爸死了！"我哭喊着。母亲俯身靠近我。她披散着头发，枯槁的面容显得僵硬而令人害怕。

"拉紧风帆，不要害怕！"我命令道，"风暴即将来临！"

"又在喊叫了。"我的保姆说道。

但我们驶过了印度洋并抛锚停靠下来。一切都陷入了晦暗不明中。水手们睡着了，岸边的白城睡着了，父亲在我身边睡着了，陷入了深深的黑暗中。飞翔的荷兰人①的黑旗缓缓地掠过上空，越过了我们熟睡中的船只。

---

① 飞翔的荷兰人：又被称为漂泊的荷兰人，是传说中的一艘幽灵船，被诅咒在北海不停往返航行，直至审判日。

我过了一段时间才有所好转。保姆长时间地陪在床边，给我讲各种各样的事情，我从她那儿知道了许多有趣的东西。她告诉我，人们在西伯利亚的大街上是怎么卖冻奶圈的，夜里如何在窗台放上食物，默默施舍给那些在寒冬里四处流浪的苦刑犯。按保姆的话说，我父母在西伯利亚的生活是美好的。

　　"小姐一点也不懂家务，"保姆说，"一问三不知，她甚至连鸡和鸭都分不清。我们养了很多只鸡，可没有一只会下蛋，所以要在集市上买鸡蛋。那里的鸡蛋很便宜，一百个蛋只要三十五戈比，不像在这儿。每磅肉也只要两戈比，黄油是成桶成桶卖的，就是这样。俺们的女管家很狡猾。有一次已故的老爷在大街上遇见一个老太婆。她问老爷，您知道这儿的护林员一家住哪儿吗？也就是俺们家。老爷说，知道，您找哪位？老太婆说，他们家的女管家。她还说，女管家的鸡蛋卖得比市场上便宜多了。他们一起去找女管家，老太婆走在前面，老爷跟在后面。就这样，女管家的伎俩被识破了，她一直哭，一直哭，真是令人害臊。"

　　"那瓦西里耶夫娜呢？"

　　"现在就讲瓦西里耶夫娜，她是小姐雇的厨娘。这是个身份不一般的女人，大概五十岁，也有可能是三十岁。"

　　"这是怎么回事，这可差得多了。"

　　"没什么差别，"保姆笃定地说，"你好好听着，不然我就不讲了。"

"我再也不插嘴了。"

"大家称呼她瓦西里耶夫娜。她自我介绍说：'我不是当地人，从彼得堡来，儿子在服苦役，我会做各种样式的菜。'她说得不假，果真啥都会做。就这么，我们一起生活着，生活着。有一天小姐宴请了宾客。瓦西里耶夫娜负责做馅饼，她白天里就准备好了晚饭。到了傍晚时分，小姐骑马回来了。小姐总是骑着马，她有一匹枣红色的好马，尽管俺们觉得枣红色别扭，但那可真是一匹好马。小姐一回来就发现餐桌上空无一物，就是说啥都没有，一干二净，没有馅饼，餐具都被打碎了。她走进厨房看见瓦西里耶夫娜正原地坐着，老天爷啊，她的脸涨得通红，目露凶光。小姐问她为什么不准备晚饭。'瓦西里耶夫娜，您怎么了?'而她回答小姐：'我自己也是小姐，瞧瞧你大喊大叫的样子。我不想再服侍别人了，我自己想吃，所以我把馅饼吃光了。'然后瓦西里耶夫娜就疯跑出院子，七天以后才回来。她回来的时候蓬头垢面，衣衫褴褛，大哭着说：'对不起，请原谅我，我有酗酒的毛病，我也没有办法。'这可真是一个细致认真的人啊。"

"谁?"

"细致认真的人? 瓦西里耶夫娜。现在你该睡觉了，你的病也会睡着的，然后你就康复了，睡吧。"

大病过后，我第一次出门是在天清气爽的结网日①。小朵小朵的白云弥散在远处。而在东边已经汇聚着一团团青紫色的寒气，我想到，在这样的日子里，安徒生笔下的田鼠已经锁好了洞门，检查过种子的储备，准备躺下睡觉，它对收留的拇指姑娘说："嗯，现在只差办婚礼了。你应该感谢上帝，因为不是所有的未婚夫都像鼹鼠先生一样，拥有一件那样的大衣②。而且也请你别忘了，你可是没嫁妆的新娘。"

我很同情拇指姑娘，特别能理解她的孤独，因为童年的我也是孤零零的。但我并不怕生，也不畏惧同龄的孩子。我们一块儿玩战争游戏，捉迷藏，在很多人看来，我甚至有些过于外向。可是我并没把谁放在心上，也并不会因为迫于形势的分离而感到惋惜。我能迅速地与新朋友打成一片，在相处习惯之后就忽视他们的存在。也许这就是对孤独的情有独钟，只不过表现得十分复杂而古怪。独处时，我常常不由自主地想要用心倾听些什么，但总被旁人所妨碍。我不喜欢开诚布公，而且得益于丰富的想象力，我可以轻而易举地与内在的自我交谈。我不是谎话精，但总是心口不一。这无意间帮我摆脱了吐露心声的麻烦事，所以我也没有

---

① 按照俄罗斯的民间风俗，七月三日为结网日，这一天蜘蛛会编织人们的命运。
② 在安徒生童话《拇指姑娘》中，鼹鼠先生是"最富有的人"，拥有一件天鹅绒大衣。

好朋友。后来我明白，这是一个不小的错误。它令我付出了昂贵的代价，我失去了最有价值的可能性之一：我没有机会再切身体会"同学"和"朋友"这两个词的含义。我竭尽全力地想在心中创造出这种感觉，但也仅仅止步于理解和感受他人之间的友谊，但有那么一瞬间，我彻底地体验到了。当死亡或衰老的幽灵出现时，当获得的一切都通通失去时，友谊就会变得格外珍贵。在我看来，友谊意味着：我们尚存，他者已逝。我还记得军事学校里一个叫作季克夫的同学。我们因擅长倒立行走而成了朋友。后来我因为转校，再也没见过他。季克夫在我的记忆中也泯然众人，我没有想起过他，直到多年以后的一个炎热天里，我在塞瓦斯托波尔的一片墓地里看见了一块木十字架和刻有名字的木板，上面写着："这里安葬着季莫菲耶夫斯基学院的武备生季克夫，死于伤寒。"在那一刻，我感到失去了一个朋友。天知道我为什么突然对这个陌生人抱有亲近感，就好像我们共度了一生。那时候我发现，在天气不错的日子里，特别是在天朗气清的时候，失落与悲伤的情绪来得分外强烈。我觉得自己的灵魂也常有这样的遭遇。我的精神生活处在喋喋不休的喧闹中，尽管我从没注意到嘈杂，可它从未停止过，只是在个别时刻稍稍减弱。可如果一种来自深处的寂静降临了，这往往意味着大事不好。我的眼前浮现出一片辽阔的大地，平坦如荒漠，延伸至边际。空间的远端会突然裂开一道深沟，地表的一切被吸引着，无声无息地坠入沟壑。寂静笼罩了四周，接下来发生了第二层地表的无声脱落，紧接着是第三层。沟壑的边缘离我仅有几步之遥。最后，我的双脚也陷入了炙热的沙流中。在慢腾腾的沙云里我沉重地坠向那里，向下直坠到万物跌落的地方。黄色的光芒在离头顶相当近的地方灼烧，太阳像是一轮巨大的路灯，照亮平静湖面的黑水和死气沉沉的橙色土地。我很难受，像往常一样，我在此时想起了母亲。我对母亲知之甚少，相比起来，我更了解父亲。母亲对我而言始终保持着神秘感。她的习惯、品味和性格与父亲截然不同。我觉得，她的身上潜藏着内心突然崩溃和持续性精神分裂的危险，后者在我身上已经表露无遗。母亲是一个内心平静，谈吐有些冷漠，从不提高音量的女人。她婚前生活的彼得堡，家教严格的外婆家，女家庭教师们，训诫和责备，还有指定阅读的经典作家——都对她造成了一定的影响。仆人们从不畏惧我的父亲，哪怕在他厉声训斥说"鬼知道这是什么东西"时也一样。但他们害怕母亲，尽管她从不生气，讲话慢条斯理。在我小时候的印象中，母亲就是一副不慌不忙、面带礼貌微笑、全身上下散发着冰冷感的样子。她几乎从未开怀大笑过，也很少宠溺孩子。我可以迎面扑进父亲的怀抱里，因为我知道这个强壮的男人只是偶尔伪装成大人，他其实和我一样，打心底里也是个孩子。如果我邀请他现在和我去花园玩耍，拖上我的玩具小车，他一定会考虑一番后出发。但是面对母亲，我必须轻手轻脚、规规矩矩地走近她，就像任何一个有良好家教的小男孩一样。当然，我不能因为激动而尖叫或者像一阵旋风似的猛冲进客厅。我并不害怕母亲：我们家从不惩罚孩子，无论是我还是姐姐们都没受过罚。但我时刻感受到她绝对的权威性。这是一种难以解释却毫无疑问的权威感，它与母亲的博学和聪慧绝对无关，不过母亲的确聪明过人，记忆力极好，从不犯错，几乎过目不忘。她的法语和德语毫无瑕疵，甚至让人觉得太过老式。但即使是俄语，母亲也只用合乎规范的标准短语。她的语气也总是冷若冰霜，带有几分漠视和轻蔑。母亲一向如此，唯一的例外是在饭桌上或者客厅里：她会冲着父亲突然愉快地、情不自禁地一笑。我从未在其他场合再见过她这样的笑容。我挨过母亲的不少训斥，她总是用缓和的语气平静地教导我；父亲在这个时候会同情地看向我，点点头，仿佛给予我某种无声的支持。然后他会圆场说：

"唉，算了吧，他以后再也不敢了。你不会再犯了，对吧，柯利亚？"

"不，我不会了。"

"好了，去吧。"

我转身离开，父亲一脸歉意地说：

"说到底，他要是一副老实的样子，不会淘气，那才叫人难过呢。静水常深，表面老实心里坏啊。"

母亲会指出我的淘气行为，解释为什么不能这样而应该那样，但她不给我辩解的机会，也就是说，不允许我回嘴。我会和父亲争论，但从不敢顶撞母亲。记得有一次，我试图回答些什么，她既惊讶又好奇地看着我，就好像第一次发现我居然能开口说话。不过话说回来，我是家里最没本领的一个。我的姐姐们完全继承了母亲过目不忘和瞬间理解的能力，她们比我成熟得多。尽管大家在我面前从不提及这一点，但我心里十分清楚。还好，从童年到后来长大成人，我也没嫉妒过别人。我很爱我的母亲，虽然她冷若冰霜。她表面上看起来是一个平静的女人，仿佛是画框里的人物，奇迹般地保持着一动不动。但事实远非如此。我在多年以后才能明白这一点。恍然大悟后，我一连几个小时陷入沉思，想象着她真实而非表面的生活。她酷爱文学，甚至到了入魔的地步。母亲翻书很勤，读过不少作品。她每读完一本书就会掩卷沉思，陷入沉默，既不交谈，也不回答我的问题，出神地望着前方，对身边的一切浑然不觉。她熟读过很多诗，能背诵整首《恶魔》和整本的《叶甫盖尼·奥涅金》。与父亲不同，母亲不喜欢哲学和社会学方面的书籍，它们令她感到乏味。我从未在家中看见过畅销书，无论是韦尔比茨卡娅还是阿尔志跋妥夫的作品。

我的父母似乎对畅销书都持有不屑一顾的态度。第一个把这类书籍带进家门的人是我。那时候父亲已经不在了，而我刚上四年级。我在学校的食堂偶然捡到一本名为《站在中间的女人》的书。母亲恰巧发现了它。当我傍晚回家时，她叫住了我，嫌弃地用两根手指紧捏着封面问我：

"是你在读这个？你的品味可真不赖啊。"

我当时羞愧得无地自容。后来每每想起这段往事，想起母亲发现我短暂地迷恋粗俗的色情小说，我就感到万分羞愧，这是我最难堪的记忆。假如父亲健在，假如她告诉了父亲，那我恐怕难以承受这样的不幸。

我的母亲发自内心地、全心全意地爱着父亲。当他去世时，母亲没有流一滴眼泪。但那段岁月里，无论是我还是保姆都害怕与她独处。整整三个月里，从早到晚，她总在客厅里不停地徘徊，从一个角落踱步到另一个角落。她不与任何人说话，也不吃饭，每天只睡三四个小时，绝不外出。亲戚们确信她正在渐渐陷入疯狂。我记得那段时间里，每当半夜醒来就会听见地毯上快速的脚步声，过一会儿再醒来时，还是听见一样的声音。那双拖鞋一直吱吱呀呀地微响，母亲焦急的步伐听得清晰。我从床上爬起来，穿着睡衣，光脚走进客厅。

"妈妈，该睡觉了。妈妈，你为什么一直在走？"

母亲注视着我：我看见了她苍白且几乎已经扭曲到陌生的面孔，还有惊恐的双眼。

"妈妈，我很害怕。妈妈，你睡一会儿吧。"

她叹了一口气，仿佛突然回过神来。

"好的，柯利亚，我现在就去躺躺。走吧，去睡觉。"

母亲的生活一开始很幸福。除了打猎和科研让父亲分心以外，他将剩余的时间都到投入到家庭中了。在对待女性方面，他是一位十足的绅士，即使是在与对方看法相左的情况下，也从来不与她们争执。不过他似乎总是弄不明白：怎么世上还有这样的太太？母亲数落他：

"你又把薇拉·米哈伊洛芙娜称呼成薇拉·弗拉基米尔洛夫娜了。她好像生气了。你怎么一直记不住？我们认识她快两年了。"

父亲一副惊讶的样子说："真的？哪一个？那个吹口哨的工程师的妻子吗？"

"不，吹口哨的是达里娅·瓦西里耶夫娜，工程师喜欢唱歌。而这和薇拉·米哈伊洛芙娜都没有关系。他是谢尔盖·伊万诺维奇的妻子。"

"那怎么可能？"父亲突然活跃起来。"我们很熟。"

"是的，但你一会儿把人家喊作薇拉·瓦西里耶夫娜，一会儿喊作薇拉·彼得罗夫娜，但人家其实叫作薇拉·米哈伊洛芙娜。"

"令人惊讶，"父亲回答说，"这当然是个误会。我现在记清楚了。我很了解这位女士。他们夫妇都很可爱；不过他的向导犬可不怎么样。"

我们家里从未有过争吵和怄气，一切都很顺心。但命运并没有一直青睐母亲。先是我的大姐姐去世：她因为肠胃手术后不合时宜的淋浴而死亡。几年之后，我的父亲也去世了，最后在大战争时期，我九岁的小妹妹染上了急性猩红热，患病两天后就去世了，只剩下我和母亲相依为命。母亲变得相当孤僻，离群索居。我被放任自由地成长。她忘不了突如其来的丧亲之祸，在相当长的年岁里，她像中了魔咒一般，变得比以前更加沉默、呆滞。她的身体非常健康，从不生病。只是那双我记忆里明亮却冷漠的双眸中透露出一种深沉的忧伤，而每当我直视她的双眼时，我都为自己感到羞愧，羞愧于自己还活在这世上。后来，母亲与我亲近了一些，我理解了她对父亲和姐姐妹妹们刻骨铭心的爱，对他们深切的怀念，还有对我悲伤的爱。我也知道，她有着远超于我的丰富活跃的想象力，能够理解那些我猜想不透的东西。从童年起，我就模糊地感觉到她的与众不同。而在我接近成年之后，这一点显得更加确凿无疑。我明白了最重要的一点：那个我以为对所有人紧闭的虚构世界，我的第二存在，对母亲来说并不陌生。

　　我第一次与母亲久居两地，是我入读军事学校的那一年。学校位于另一个城市。我还记得蓝色的河流，泛着白光的河面，季莫菲耶夫大街上的绿荫，还有旅店。入学考试前，母亲和我在那儿住了两周。因为我的法语正字法有些生疏，所以我们一起学习了一小册法语课本。接下来是考试，送别母亲，新的校服，带肩章的军官制服，穿着粗呢上衣的马车夫，他不断地抖动缰绳，载着妈妈沿大街向下，直奔火车站，从那儿可以回家，而我被留在了原地。

　　我刻意与其他的士官生保持距离，在空旷的礼堂大厅里徘徊了几个小时，一直过了很久我才想起来，我可以期盼遥远的圣诞节和两周的寒假，那时我就可以回家了。我不喜欢这所学校。我的同学们和我大不一样：他们大多出身军人家庭，生活在我从未见过的严苛的半军事环境里。我们家没有军人，父亲并不喜欢他们，甚至瞧不起他们。我很不适应"遵命"和"不是"这样的口令。记得有一次，我这样回答教官的训诫："您只是部分正确，上校先生。"为此我没少挨过罚。不过我很快就与其他的士官生打成了一片。长官并不喜欢我，尽管我成绩优异。学校老师们的教学方法各异。德国人要求学生大声朗诵经典篇目，因此在阅读德文选读课本时，你总能听见公鸡的啼叫、低俗的小调和尖啸声。老师们都是庸碌无能的人，唯一的例外是我的自然史老师。他是参谋部的将军，一个滑稽的老头，唯物主义者和怀疑论者。

"什么是吸湿棉，尊敬的长官？"

他回答说：

"假如有一个像您一样的小士官生在院子里疯跑，像一只小牛犊一样上蹿下跳，然后他的尾巴不小心被割断了；这个时候，我们就要在伤口处使用吸湿棉。这样做的目的是不让像小牛犊一样的士官生太伤心。懂了吗？"

"是的，长官。"

"是的，长官……"他喃喃地重复着，阴郁地一笑，"唉，你们啊……"

不知道为什么，我很喜欢这位参谋部的将军。每当他注意到我时，我都感到高兴。有一天在他的课上轮到我回答问题，我对功课已经把握得透彻，在回答问题时屡次卖弄"主要是""多半为""本质上"这样的短语。他一边带着愉悦的嘲笑看着我，一边给我打上"良好"的分数。

"多么有教养的武备生啊。嗯，'主要是''本质上'。本质上，您可以回到座位上了。"

还有一次，他在走廊上抓住了我，故作严肃地对我说：

"我请您，武备生塞西德福，不要一边走一边这么猛摇尾巴。

这样最终会引起所有人的注意。"

他走开了，眼里带着愉快的笑意。这是学校里唯一一个与众不同的老师，就好像我在学校里唯一学会的东西就是倒立行走。后来，尽管我离开学校很长一段时间，只要一倒立，我的眼前还是立马浮现出休息室里打蜡的地板，在我手边走动的几十双脚，还有年级主任的大胡子。

"今天你又没有小甜食吃了。"

他喜欢用指小词，这总是引起我心中一阵无法抑制的恶心。我不喜欢那些用指小词来冷嘲热讽的人：这是语言中最下作、最无能的卑鄙行径。在我看来，偏爱这种手段的人不是没有文化，就是单纯的愚蠢，是人群中最渣滓的一类。年级主任的出现本就令人不快，而更令人难过的是，在学校里你没法发泄怒火，然后一走了之。我的家离学校太远，在另外一个城市，火车要走一天一夜。

寒冬，巨大的、黑漆漆的学校建筑，幽暗的走廊，孤独。我感到难过和寂寞。我不想学习，但又不能成天躺在床上。我们在刚打蜡的地板上"溜冰"取乐；夜里我们将浴缸蓄满水，爬上凳子和讲台玩跳水；我们还用肉丸、甜食、砂糖和通心粉作为赌注打过无数的赌。大家的成绩都很普通，除了乌斯宾斯基，我们的年级第一。他是我们连里最认真，也是最不幸的武备生。他疯狂地背书，从吃午饭到晚上九点就寝，无时无刻不在准备功课。每晚他都一边低声抽泣，一边跪着祈祷一个半小时。他的家境并不富裕，所以一定要靠优良的成绩拿到公费名额。

有一天，我半夜醒来，看见他穿着长袍睡衣，正立在床头的小圣像前，他和我之间隔着两个床铺。"你在祈祷些什么，乌斯宾斯基？"我问道。

"祈祷好好学习，"他平淡快速地回答我，接着又狂热地祷告说，"啊，我的父！如若您在天国……"不过他的祷文念得很差，当他说"如若"的时候就好像漫不经心地说："既然您已经在天上了……"

"你念得不对，乌斯宾斯基。'我的父，如若您在天国'，这句要一口气说出来。"

他突然中断了祈祷，开始抽泣。

"你怎么了？"

"你为什么要捣乱？"

"哎，那你祈祷吧，我不打扰你了。"

然后又是一片寂静，密密麻麻的床铺，被烟熏黑的守夜人，天花板上的黑暗，跪立着的小小白色身影。到了第二天早上，屋外敲起军鼓，吹响喇叭，值日的军官走过一排排床铺高喊：

"起床，起立！"

我终究无法适应这种军事化的、办公式的语言。在家里我们说惯了纯粹标准的俄语，学校的语言像针扎一样刺痛我的耳朵。有一次我看见了整个连的明细表，上面写着，"军官制服的布匹支出"，接着是镶玻璃窗的费用。我和两个同学研究了这张表格后一致认为，这天的值日长官（我们认为，这份明细表是他的杰作）没什么文化。尽管事实上我们对他知之甚少，唯一清楚的一点是，他是一个非常虔诚的人，但我们的猜测与事实也不会相去甚远。学校在宗教事宜上相当严苛：每个周六日我们都要上教堂。正是因为这个谁也无法逃脱的任务，我从小就讨厌东正教的法事。那里的一切都让我反感：头发油腻、一身肥膘的助祭在神坛上放肆地擤鼻涕，他在法事开始前习惯性地抽一抽鼻子，咳嗽几声清清嗓子，然后以浑厚的男低音开始低声："祝福吧，主！"烫金的圣门上贴着圣像和潦草应付画成的天使，它们长着胖嘟嘟的双腿和肥厚的嘴唇，一副愁眉不展的忧郁模样。神父在门后用尖细滑稽的嗓音回答说：

"圣父，圣子和圣灵的国万岁，愿世世代代长久繁荣……"

长腿的合唱指挥手持音叉一边附和伴唱，一边仔细倾听别人的歌声，所以他总是一脸极度紧张的神色。这一切都让我感到荒诞和多余，尽管我并不总是明白为什么。但在学习神授法和阅读福音书时，我心想："我们的中校难道也算基督徒吗？他没遵守过任何戒律，总是让我罚站，剥夺我的甜点，难道这也是耶稣告诉他的吗?"

乌斯宾斯基是大家公认的神授法行家，我问他：

"你觉得，我们的中校算是基督徒吗?"

"当然。"他惊恐局促地回答我。

"那他凭什么每天惩罚我?"

"因为你做得不够好。"

"那为什么福音书里会写'不审判，就不会被审判'?"

"不会被审判，这是被动语态。"乌斯宾斯基自言自语地说，就好像在复习考点。"这不是指武备生。"

"那是指谁?"

"我不知道。"

"那就是说，你也不理解神授法。"我说完就转身离开。从此以后，我对宗教和学校的敌意就更加明显了。

很久以后，在我转入普通中学后，有关军事学院的回忆对我而言还是一场噩梦。它仍蛰居于我心灵深处的一隅。打蜡地板的气味和通心粉丸子的味道给我留下了过于深刻的印象，以至于一提起它们，我的眼前就立马浮现出那栋巨大的、黑影幢幢的建筑物，守夜人，集体寝室，漫长的午夜，清晨的军鼓，穿着白色睡袍的乌斯宾斯基，还有那个糟糕的基督徒中校。那是一段煎熬的，毫无意义的生活。我厌恶这段记忆，它充斥着学校里的死气沉沉和麻木茫然，令人想起军营和监狱，或者被淹没在风雪中，被上帝遗忘在寒冷偏僻处，位于莫斯科和斯摩棱斯克之间的某个铁道候车室。

但无论如何，这段早年求学的经历仍然是我人生中最纯真幸福的时光。一开始，无论是在军事学院，还是后来转校的普通中学，数量众多的同班同学都让我感到不安。我不知道如何与这些短发男孩们相处。我习惯了身边围绕着亲切熟悉的面孔：妈妈，姐姐妹妹，还有保姆。我很难立马接受突然冒出的一大堆陌生面孔。我害怕在这个集体中丢失了自我。但正是在这样的环境里，一向休眠的自我保护机制突然苏醒并引起我性格方面的一系列变化。我开始变得心口不一，行为叛逆。自父亲死后，一种迟缓死沉的气氛一直笼罩着家庭，仿佛全家都中了母亲的冰冷魔法，而如今我在学校里又变得生龙活虎，没有了行动和话语上的那股迟缓劲儿。但回到家的时候，我又很难戒掉学校里的习惯。不过我还是很快就掌握了适应的秘诀。我潜意识地认识到，不能千篇一律地应对所有情况。因此在家中调皮捣蛋一段日子后，我又会变成听话的乖孩子。在学校里的粗鲁无礼让我屡屡挨罚。尽管我是家里最没本事的一个，但多少还是继承了母亲出色的记忆力，然而我对事物的理解和接受却总是后知后觉。别人当场向我解释的东西，我总在延迟一段时间后才能完全理解。父亲的性格特点以一种变形的方式遗传给了我：他强大的意志力在我身上变成了固执倔强；他的狩猎天赋，即极佳的视力、不知疲倦的强壮体魄和敏锐的观察力在我这儿都消失得无影无踪，只剩下对动物世界非同寻常的狂热喜爱，还有对身边一切事物高度的、不由自主的，却漫无目标的好奇关注。我不喜欢学习，但成绩还不错。可我的行为举止总是受到老师们的责备。除了其他一些明显的原因外，这还因为我不像其他孩子一样惧怕老师，毫不掩饰自己的态度。我的年级主任向妈妈抱怨我行为举止粗野，不讲文明，尽管我的心智相较于同龄人已经相当发达了。总是被叫到学校来的母亲回答说：

"请您原谅，可在我看来，您并没有掌握和孩子们交流的技巧。柯利亚在家里是一个非常安静的孩子，从不捣乱，也不顶嘴。"

然后她遣仆人来找我。我来到接待室，和母亲打过招呼。她与我交谈了十分钟后就放我回去了。

"是啊，他和您说话时完全是另一种模样。"年级主任同意母亲的说法，"我不知道您是怎么做到的。可他在班上的表现令人难以容忍。"他委屈地摊开双手。因为对历史老师的无礼冒犯（我和他有过这样一段对话。我在书中遇见了一个陌生的人名，我问他，谁是康拉德·沃勒德，他想了一想，回答我说，一个像您一样的无赖），年级主任和教学督查给了我特别处分。事情是这样的，我因为"坐不老实"被他罚站在墙边。事实上，我并没犯什么大错。我的同桌用橡皮蹭我的脑袋，我给了他胸口一拳，老师没有看见前者，却看见了我。当他训斥我说，"现在站到墙边去，你就不知道什么叫体面"，我因为不愿意出卖同学，所以保持了沉默。历史老师原本习惯了我顶嘴，可现在的沉默突然激怒了他。他尖叫着，将凳子摔向地面，但因为动作笨拙而滑倒在讲台边。全班同学都不敢笑出声，我却说：

"您这是活该，我可太高兴了。"

他气得失去理智，火冒三丈，让我离开教室去找教学督查。不过后来，这个善良的人冷静下来并原谅了我，尽管我没有乞求过他的原谅。总的来说，他对我没有恶意。年级主任才是我主要的敌人，他是我的俄语老师。他对我恨之入骨，根本没把我当作孩子看待。他没法在分数上刁难我，因为我的俄语成绩优异，但他几乎每天中午都罚我"留堂"。我还记得那种无尽的抑郁感，伴随着这种感受，我目送着同学们在第五节课后放学回家。先是最快收拾好的一批同学，然后是稍慢的，最后是拖拖拉拉的，一直到我一人孤独地留在教室里，看着墙上神秘的填充地图，它让我想起了父亲藏书中描绘的月光下的景色。黑板上显眼地挂着一块麻纱抹布，还有一个潘拉莫诺夫画的畸形小鬼。他是我们班里的绘画第一名，不知道为什么，我总觉得，他的小鬼看起来像画家西波夫斯基。这种折磨持续了一个小时左右，一直到年级主任走进教室对我说：

"回家去吧。以后不要再调皮捣蛋了。"

家里的饭菜已经备好，还有课外书等着翻开，而到了晚上有人在院子里做游戏，可大人们不允许我下楼。那时候我们租住在阿列克谢·瓦西里耶维奇·沃洛宁家，他是上等贵族出身的退役军官，人很好，也有些古怪。他个头高大，长长的络腮胡子几乎遮住了面孔；我还记得他明亮锐利的双眼总是令我感到不安。不知道为何，我总感觉这个人洞悉许多我不能透露的秘密。他生起气来非常可怕，几乎失去了理智，端起枪见谁打谁；他经历了阿尔图港口战役，长达数月的围困给他的精神造成了不小的伤害。尽管如此，他还是一个善良的人，虽然对待孩子们的语气一直都很严肃，从不心软，也从不喊他们的乳名。他既聪明又有修养，在理解抽象概念和内心深处细微感受的方面远超常人。作为一个想要安度余生的退休军官，他实在是懂得太多了。他有一个大我四岁的儿子，还有两个女儿，玛丽安娜和娜塔莉亚，一个和我同岁，另一个和我妹妹一样大。沃罗宁一家是我的第二个家。阿列克谢·瓦西里耶维奇的妻子是一位德裔妇人，她总是袒护犯错的我们，而且从不忍心拒绝别人的请求。你要是对她说：

"叶卡捷琳娜·根丽霍福娜，您能再做一次果酱面包吗？就是您在新年时候准备的那种？"

"你在说什么啊，亲爱的！"她吓了一跳，"那种果酱平时可碰不得。"

"叶卡捷琳娜·根丽霍福娜，我太想吃了。也许可以试试？"

"哎哟，你真是个奇怪的人儿。这样吧，我给你另一种果酱尝尝，英国的，它也可好吃了……"

"不，叶卡捷琳娜·根丽霍福娜，我知道它不好吃。它闻起来就像焦油。可以做新年的那种吗？"

"你真是啥都不懂。好吧，那就做给你吃吧，我会拿给你的。"

她的身体强壮健康，在很长一段岁月里她的容颜几乎没有改变，就好像停止了衰老：她永远地停留在了二十五岁的年纪。无论在什么情况下，她都不会停止一贯的、平静的忙碌，从不忘记什么，也不轻易激动。有一天晚上大院里着火了，柴棚已经烧起来了。我从睡梦中醒来，看见房间已经被火光映得通亮，窗户上的玻璃因为高温开裂了，而叶卡捷琳娜·根丽霍福娜正平静地守在我的床边，她像往常一样穿戴得整整齐齐，头发一丝不苟，就好像这一切都发生在大白天，而不是深夜。

"我本来不想惊醒你的，"她说道，"你睡得这么甜。好吧，快起来吧，但愿房子不要也烧起来。你可别再睡着了，我还要去叫醒你妈妈呢。你看，这就是不小心用火的结果，现在发生了这样的事情。"

他的儿子那时正读四年级，是一个非常善良的小男孩，只是太轻浮，容易激动。我的母亲很不喜欢他弹钢琴，尽管他的确有些音乐天赋。他总是恶狠狠地凿击琴键，一点儿也不留情地猛踩脚踏，以至于母亲数落他：

"米沙，你为什么要这么费力？"

而他回答说：

"这是因为我太投入了。"

"索菲亚"是我们给沃罗宁一家的小女儿取的绰号，因为她就像《索菲亚历险记》中的小女主人公一样，酷爱紧张刺激的冒险。她有时在大市场里闲逛，在那儿的商人、扒手、贼头（他们往往穿着体面的西装和修身的长裤）、磨刀工、书贩、屠户和卖废品的人之间来回转悠。最后这一类人似乎生活在地球上的每一座城市，他们个个都衣衫褴褛，无论哪种语言都是半吊子水平，总是贩卖无人需要的琐碎物件。但他们还是生存着，一代代地传递着自己的事业，就好像他们的子孙后代也是命中注定要干这行买卖的，从不改行其他生意。在我的眼中，他们象征着一种宏大的永恒。除了逛市场，索菲亚还喜欢脱去长袜和鞋子，光着脚丫在雨后的花园里踩泥巴。一进家门，她就自豪地大喊：

"妈妈，看啊，我的脚多黑呀！"

"你的脚的确很黑，"叶卡捷琳娜·根丽霍福娜回答她说，"但是这有什么好的呢？"

沃罗宁家的大女儿玛丽安娜是出了名的少言寡语。她早早地就显露了女性气质，个性很是强势。有一回，在她十一岁的时候，他的父亲骂她是傻瓜：他恰好正在气头上，怒火让他失去了往日的谦恭礼貌。玛丽安娜气得脸色惨白，撂下狠话：

"我从现在起不再和你说话。"

在之后的两年里，她没和父亲说过一句话。她以长姐的身份教导兄弟姐妹们。沃罗宁一家的其他成员与其说是顺着她，不如说是谨慎地提防着。他家所有的孩子都生得精神漂亮，而且体格健硕，性格乐观；不过俄罗斯式多血质（易激动）的特征并没有在他们身上过分体现，这要归功于他们母亲的日耳曼血统。

沃伦宁家的孩子们与我都是一个孩子帮的成员。我们每晚在花园或者沃罗宁家的院子里相聚。这个孩子帮里还有其他的男孩和女孩儿们：漂亮的犹太小女孩西里娃，她后来成了女演员；十二岁的双胞胎姐妹瓦拉和拉拉，她们在一起总是吵架；现实主义者瓦洛佳，他死于白喉。当太阳还没有落下时，我们喜欢玩跳房子，就是在画好方块上蹦来蹦去。在方块的尽头会画好一个大大的椭圆，里面写着"天堂"，另外还有一个写着"烈狱"的小圆。当天色渐暗时，我们开始玩捉迷藏，一直玩到佣人呼喊三遍以后才会各自回家。那个时候，我把自己的时间划分成了阅读、上学、居家和院子里四个不同的部分。在很长一段时间里，我甚至忘记了那个我曾经停留过的、内在的世界。不过我偶尔还是返回到那个地方。这一般发生在我患病、大发脾气或者胃口不好的时候。我发现，这个赋予我无限变幻可能的"第二存在"对现实世界充满了敌意，随着现实世界的知识越发丰富和感受愈加强烈，二者的冲突也变得更加激烈。看上去，现实完全站稳脚跟之时就是"第二存在"的毁灭之日。我默默地竭力融汇这两个不同的生活，就像我在学校和家庭之间做到的那样，在野蛮和温顺间切换角色。但那毕竟只是一个简单的扮演游戏，而面对如今这样的情况，我感到无能为力。除此之外，我爱精神生活甚于其他一切。我发现，我的注意力总是放在那些与我八竿子打不着的事物上，而对与我攸关的事情却无动于衷。我的理解和反应慢了不止一拍：在事物的刺激过去很长一段时间后，我才领会到它的意义，而这原本应该是当场被理解的。意义先是迁徙到一个遥远澄澈的内心层面，一个仿似自我历史的地质断层的地方，我凭借想象力偶尔深入其中。原本呈现在眼前的事物早已无声无息地坍塌，我不得不从头认识一切。只有当意识下沉到深处，寻找到一同生活过的事物碎片，发掘了驻足过的遗迹废墟时，我才会感受到内心强烈的震动。正是我身上的这种反应迟钝、认知缓慢造成了我与克莱尔相识后的深刻不幸和精神灾难。不过这发生在稍后一点的岁月里。

很久以来，我都不甚理解一种突如其来的疲倦感。有时候我明明什么也没做，完全不应该感到疲劳，可一躺在床上，我就困得仿佛连续工作了许多个小时。后来我猜想，这或许是因为某种未知的精神运动规律，它迫使我不断地在内心世界追寻，追寻瞬间出现的庞大无形、纷繁复杂之物，它们像是水下的巨怪，片刻出现后又旋即消失。这种疲劳在生理层面上体现为头疼和眼部偶尔的奇怪疼痛，就好像被人用手指戳压眼球。而在意识的深处，一场无声的战斗在持续进行，我仅仅是这场战斗的旁观者。我时常丢失了自己：意识中的自我从未拥有过一个固定的形象。我反复地变形，一会儿变大，一会儿变小；这种自我的不确定性，仿若幽灵的存在感尽管不会令我在某一天真正地永远一分为二，从此变作两个不同的生物，但却足以让我的现实生活变得比设想的更加多面复杂。

在一开始，我简单的中学生活只会偶尔因为精神危机而变得艰难，尽管因此受够了折磨，可我在其中居然也找到了一种痛苦的快乐。我幸福地生活着，假设幸福可以形容这样一种生活的话：难以驱散的幽影弥漫在他身后。死亡从未远离过我，而想象力将我推入它主宰的深渊。我想，这种感受是先天的：难怪父亲如此病态地厌恶一切令他联想起那注定结局的事物。这个无所畏惧的男人在最后一刻感到自己的无力。母亲身上无意识的、冷冰冰的漠然似乎也反映着某种最后时刻的滞固，而在姐姐妹妹们的身上，记忆快速贪婪地攫取一切事物，这似乎就是因为她们早已预感到不远处的死亡。有时候我会梦见自己已经死亡，正在死亡，或者即将死亡。我喊不出声，习以为常的沉默环绕在四周。它突然变得广阔无垠并获得了一种崭新的，我未曾知晓的意义：它在警示我。

我一辈子，甚至从小时候起，都觉得自己独享着某个秘密。这种奇怪的错觉伴随了终生。它既不听从我的意志，也不取决于外在的环境条件：和身边懵懵懂懂的同龄人一样，我受的教育不多也不少。在极少数情况下，在人生中最为紧张的时刻，我体验过一种霎时的、几乎切身体验的重生感，那一瞬间我接近一种潜藏于自我的光彩炫目的知识，不真切地领会奇迹。然而短暂迷狂后我又回过神来：我仍坐在原地，脸色苍白，浑身乏力。周围的一切还如当初一般隐藏在死气沉沉的模样下，眼前的物件还是我熟悉的，通常那般的奇形怪状。

不过这种状态一旦过去，我会很长一段时间忘记它，我的心思又回到每日的琐事上。而如果是在夏天，我会心心念念地想着出门远行的事情，因为每逢夏季，我们一家都会前往高加索，那里生活着父亲一脉的诸多亲戚。祖父住在城郊，我从那儿出发进山。一路上雄鹰在高空盘旋，我提着蒙特克里斯猎枪在茂密的草丛间寻觅麻雀和山猫的踪影。一旁的捷列克河喧腾着，黑色的磨坊孤独地耸立在挟裹泥沙的湍流之上。远处的山脉覆盖着皑皑白雪，这让我想起了几年前在明斯克看见的那个雪堆。在森林里，我一发现蚂蚁窝就立刻趴下来，并将毛毛虫小心翼翼地放在高耸多孔的金字塔巢穴的洞口，蚂蚁们从那里涌了出来。虫子扭动着毛茸茸的身体想要爬走。一只蚂蚁追上了它。它拽紧毛毛虫的尾巴，试图阻止它逃跑，不过毛毛虫反而轻松地拖着小蚂蚁继续前进。其他的蚂蚁都赶来帮忙，它们团团围住了毛毛虫，从各个方向拖曳着它。胖乎乎的虫子被活生生地倒拖回去，最终消失在蚂蚁窝的一个洞口里。同样的厄运也降临在巨大的蓝翅飞蛾、雨虫甚至甲虫身上，尽管蚂蚁们的确很难对付后者：它的外壳坚硬光滑，蚂蚁们无从下手。但是我见过的最惨烈的一场战斗发生在巨型塔兰图黑蜘蛛和蚂蚁之间。塔兰图蜘蛛是我所知的以残忍著称的野兽和昆虫（如果"残忍"能够用来形容它们那不可思议的本能的话）中最凶狠好斗的。我碰见过的凶猛的小动物，如鼬、仓鼠、黄鼠狼，通常都具备一定的分析能力，它们在身处危机时会优先选择撤退，只有在陷入绝境时才会扑向敌人。我只见过一次例外的情况，一只黄鼠狼紧紧咬住马倌的手，因为后者用石头砸伤了它，通常来说黄鼠狼在这样的情况会像蛇一样飞快地窜逃。但塔兰图蜘蛛从不退缩。我小心翼翼地把它从玻璃瓶中倒出来：它直接落入了蚂蚁堆中。蚂蚁们立刻展开了攻击：塔兰图蜘蛛在地面上闪转腾挪，勇猛地反击。地面上很快铺满了蚂蚁们挣扎的半截残尸。塔兰图蜘蛛愤怒地扑向一切移动的对象，完全不利用逃跑的良机，依旧死守原地，就好像等待新的敌手。战斗持续了一个多小时，最终塔兰图蜘蛛被拖入了蚂蚁穴中。这场战斗甚至令我激动得精疲力竭，而模糊的、无限遥远的、早已被遗忘的回忆似乎在闪闪发亮，透过了被永久埋葬的知识的迷雾。在观察过蚂蚁之后，我又继续前进，一会儿捕捉蜥蜴，一会儿向黄鼠洞里灌水。在长久的等待之后，湿漉漉的小野兽会从水中探出头，快速地钻出洞口，闪向一边，消失在另一个地洞里。但无论是黄鼠、蜥蜴、蚂蚁还是塔兰图蜘蛛都比不上另一个非同寻常的景象：我在七月的一个清晨碰上了旅鼠大迁徙。它们组成一个不规则的四边形方阵，个个都拖长了尾巴，急速地摆动小爪子狂奔。我在树上注视着地面如何迅速地变作漆黑一片，看着旅鼠们如何逼向小峡谷，俯冲进沟壑，接着又从沟壑的另一侧出现，发出吱呀的尖叫声，急骤地冲向远方。鼠群逼近了捷列克河沿岸，在瞬间的停留后跳入水中汹向了对岸，最终消失在对岸的某个花园里。旅鼠过后，我从树上爬了下来，打算在一块林中空地躺一躺。

寂静，阳光，树木………偶尔可以听见峡谷里泥土飞扬和细小树枝折断的声音，这是野猪在狂奔。我在草地上睡着了，等醒来时已经是汗流浃背，眼冒金星。眼瞅着一轮红日就要落下山头，我徒步回家，直奔爷爷老宅的阴凉房间。快到家时，我恰好赶上头戴白色毡帽的牧童赶着兽群从草场归来。我看见爷爷那头好牴人的、出了名坏脾气但高产的奶牛一路哞哞叫地返回兽栏。我知道，此时小牛犊们会一股脑儿地冲向奶牛的乳房，而工人们则会把固执的小牛牵走，一股股牛奶被挤入铁桶，白色的桶底发出清脆的响声。而爷爷会拄着拐杖，站在面向院子的走廊里巡视一切。过不了多久，他会陷入沉思，似乎回忆起了什么。他也的确有许多事值得回忆。在很久很久以前，他从敌对部落盗走并卖掉了一群马匹。在那个时候，这被认为是勇敢的表现，他们的功绩往往会受到人们的一致称赞。这是上世纪三四十年代的事情了。我印象中爷爷是一个瘦小的老头子，穿着山民的束腰无领袍子，随身佩戴金色的短剑。在1912年的时候爷爷已经年满百岁，但他还是强壮而充满活力，年岁的增长只是让他变得越发和蔼可亲。他在战争的第二年去世了。他骑在一匹还未驯服的三岁大的英国马上，那是他的儿子，也就是我父亲的大哥的坐骑。可是这一次，爷爷数十年来都引以为豪的出色骑术背叛了他。他从马背上摔了下来，磕在地上一口铁锅的锐利处，没过几个小时就咽气了。他知晓和理解很多事情，但并不会事事宣扬。我只有从其他小一辈的老人口中才大概知道，"爷爷是一个聪明机智的人物，如狐狸一般狡猾"，这是上世纪五十年代出生、老实憨厚的一代人形容他的原话。爷爷的狡猾在于，当俄罗斯人迁入高加索后，平时性格要强的他居然安于打理牧场的平静生活，这是所有人都料想不到的。他所有的同伴们都成了仇杀的牺牲品。爷爷一家也遭受过两次侵袭；第一次遭袭时，他提前得到了消息，携着一家老小出逃避难。而到了第二次，爷爷用膛线枪和敌人对射了数个小时，杀死了对面六个人，一直坚持到援军赶到。不过侵袭方还是造成了破坏：他们打烂了爷爷最好的苹果树。爷爷常以自家果园为豪，除我以外，不放任何人进园。果园里结着白浆苹果，金灿灿的大李子，还有硕大的鸭梨，而在果园中间，在哈萨克斯坦语里意为"梁木"的山谷深处流淌着小溪，溪水中饲养了不少鳟鱼。我在果园里把还未成熟果子吃了个饱，胀得一脸惨白，痛苦地走出园子。姑妈为此责备爷爷说：

"看，这就是把浑小子放进果园的结果。"

随着爷爷的年纪越来越大，姑妈掌揽了家里的实权，负责打理大大小小的事情。但她平时也不敢顶撞爷爷。当她说"看，这就是把浑小子放进果园的结果"时，爷爷勃然大怒，以老人威严的声音咆哮：

"闭嘴！"

姑妈吓了个半死，奔回自己的房间把头埋在枕头下，在沙发上躺了整整一个小时。"你为什么这么害怕？"我问她。"你什么都不知道，"姑妈回答我说，"他会劈了我的。他太可怕了。""你就是个胆小鬼，"我说，"爷爷很和善，他不会动你一根手指的，尽管你又凶恶又吝啬。你为什么不让我去果园？"我突然激动起来，完全忘记了关于爷爷的事，自顾自地说："你是想私吞苹果吗？你反正也吃不完。""我要写信给你妈妈，你竟然这么没大没小。"但姑妈的威胁并没有吓倒我，而我也鲜有时间和她争吵：我一直忙着打乌鸦、抓山猫和林中冒险。在爷爷家待不了一个半月，我就上克斯里沃克去了，这是我极度喜欢的一个地方，因为它是唯一一个颇具首都风貌和风俗的外省城市。我喜欢这座城市街道两旁的别墅，它玩具般的小公园，从火车站一直绵延到市区的葡萄藤绿荫长廊，疗养院大厅外碎石子路上的窸窣脚步声，还有从俄国各地会聚而来的、无忧无虑的旅客们。但是从战争的头几年起，落魄贵妇、过气演员以及年轻人们都像潮水一般从莫斯科和彼得堡纷纷涌向克斯里沃克。这些年轻人们骑上租来的马匹，一个劲地抖动手肘，就好像有人推搡他们的胳膊似的。我在克斯里沃克喝上几口兑糖浆的纳尔赞矿泉水，穿过公园，直奔山上一座圆柱竖立的白色建筑。它高耸在山头，俯瞰整座城市，人们叫它"天空庙宇"。我不知道这矫揉造作的名字是谁的杰作，作者大概是一位留着飘飘长发、带着高等小学三个班级的乡村诗人吧。尽管如此，我还是喜欢爬上那里的山坡：风像云流川河一般掠过圆柱，呼呼作响。白墙上刻满了签名，诉说着俄式的绝望爱情和将自我刻入永恒的虚荣追求。我爱赭红色的山石，甚至喜欢一家叫作"阴谋与爱情的城堡"餐厅，那里养着漂亮的鳟鱼。我喜欢克斯里沃克林荫道上的红沙，大厅里肤白如雪的美人还有北方女人，她们的巩膜像家兔一样泛着鲜红色。我经过公园里的奥利霍夫科峭壁时总能遇见摄影师。他为悬崖上的贵妇和少女们拍照，她们脚下是惊涛巨浪。而后来无论在哪儿，即使是在俄国最荒凉偏僻的一隅，我都能看见类似的照片。

"这可是我在克斯里沃克拍的。"

"当然，当然，"我敷衍地回答，"我知道。"

童年里的克斯里沃克在记忆中凝缩成了那座写满了"感人"签名的白色建筑。不过眼看着天气开始渐渐转凉，一入秋，我就离开高加索回到家，回到了那种冷冰冰的平静生活。在我的印象里它和晶莹剔透的雪花、房间里的寂静、柔软的地毯和深深塌陷的沙发紧密相连。家里的生活不如在其他地方随意，我谨慎得仿佛移居异国他乡。每到傍晚，我爱静坐在自己的卧室，关上房间里的灯，任由街边路灯将粉红色的光线柔和地扑打在窗户上。屋子里的扶手椅松软而舒适；从楼下医生的房间里传来舒缓悠荡的钢琴声。我仿佛航行在茫茫大海上，雪白的浪花在我眼前翻滚。

每当回忆起这段时光，我就觉得自己的人生缺少了少年时代，因为我总是和大龄的人群混在一块儿，我在十二岁的年纪就千方百计地故作成熟。我在十三岁的时候钻研过休谟的《人类理性研究》，还自愿地读完了一本从书柜里翻出来的哲学史。这些阅读经历令我养成了批判看待事物的习惯，它弥补了我接受缓慢和反应迟钝的缺点。我的感觉总是跟不上思维。突然间，我狂热地钟情事物的变迁更替，厌恶一成不变，这使我越发想离家出走。有一段时间，我几乎每天早出晚归，混迹于一群可疑的社会分子中。我们常在一块儿打台球，正是在 1917 年革命爆发前的几个星期，十三岁半的我发狂似的迷恋上了这项运动。在我的记忆里，蓝色的浓密烟雾萦绕在台球桌的粗呢绒面上，玩家们的面孔在黑暗中显得突兀。他们中间有无业游民、政府官员、经纪人和投机倒把分子。在那儿有几个和我一样大的学生。晚上十点左右，在所有人都赢上一局球以后，我们会去马戏团看骑术表演，或者在小酒馆里听些轻佻下流的曲子，看歌女们跳舞；她们在舞台中央蹦蹦跳跳，双手在腰部以下交叉，左右手的大拇指和食指相互抵着。

那时候对变化的渴求和离家的诱惑预示着我人生新阶段的到来。它眼看着就要降临。在我模糊的意识中，它的必然性变得越发强烈，但却碎散成无数的零星碎屑：我好比一个在岸边准备跳水的人，尽管内心犹豫不决，但却知道最后的结局不外乎如此——再过一小段时间，我会跳入水中，顺着平缓强力的水流向前。那是1917年的春末。革命在几个月以前爆发了。在这一年夏天的六月，那件大事终于发生了。我的人生似乎在逐渐缓慢地引导我与它的相遇，在此之前经历的一切都不过是为了这一刻而做出的准备和考验：窒闷的夜晚取代了难以忍受的酷热白日，在《雄鹰》体育社团的操场上，疲惫不堪的我裸露着上半身，穿着运动裤和鞋子，看见了坐在看台上的克莱尔。

第二天清晨，我又去操场晒日光浴。我躺在沙堆上，将双手叠在脑后，面朝天空。微风轻轻吹动游泳裤上的褶子，它对我来说有些肥大。空荡荡的操场上只有格里沙·沃洛比夫歇息在毗邻屋宅的花园荫翳处。这位大学生兼体操运动员正在阅读马尔科·克立兹斯基的小说。沉默了半小时后，他问我：

"你读过克立兹斯基吗?"

"没有，我没读过。"

"非常好，还好没读。"接着格里沙又陷入了沉默。

一合上双眼，我就看见一片橙色的雾霭，绿色的电光闪烁其中。我想必是睡着了几分钟，因为我什么也没听见。突然，我感到一只冰凉柔软的手戳了戳我的肩膀，头顶响起一阵清脆的女性话音："运动员同志，请您醒一醒。"我睁眼看见了当时还不知晓姓名的克莱尔。"我没睡"，我回答她说。"我们认识吗?"克莱尔继续说道。"不认识，我昨晚第一次看见您。您叫什么名字?""克莱尔。""啊哈，您是法国人。"我一边说，一边心里莫名其妙地高兴起来。"请坐请坐，不过这儿都是沙子。""我看见了。"克莱尔说。"您好像在努力练习体操，甚至还在平衡木上倒立行走，这可太逗了。""这是我在学校学会的。"

她沉默了一分钟。她留着很长的粉色指甲，双手白皙，身体饱满结实，双腿修长，膝盖高耸。"你们这儿似乎还有个网球场吧?"她的声音蕴含着一种神秘的、隐隐约约的诱惑，我感到似曾相识，仿佛在哪里听见过这个声音，之前忘记了，现在眼看要回忆起来。"我想打网球，"这个声音说，"所以我报名加入了这个体操社团。拜托了，来点有趣的吧，您也太冷淡了。""那要怎么给您解闷呢?""给我表演一下体操吧。"我双手抓住晒得发烫的单杠，展示了一切我掌握的动作，然后一个空翻又坐在了沙地上。克莱尔一只手挡住刺眼的阳光注视着我。"非常棒，不过您这样下去迟早要摔破头。您打网球吗？""不。""您的回答总是这么干练简单，"克莱尔评价道，"看得出来，您并不习惯和女人说话。""和女人？"我感到十分诧异，我从没想过，和女人说话还有什么特别之处，无非就是更加礼貌，"但您还不是女人，您只是一个少女。""您知道少女和女人的区别吗？"克莱尔咯咯地笑起来。"我知道。""谁告诉您的呢？您的姑姑？""不，我自己知道的。""来自亲身经验吗？"她又咯咯地笑起来。"没有，"我羞红了脸。"老天爷啊，他居然脸红了。"克莱尔一边拍手，一边尖叫起来。吵闹声惊醒了一旁的格里沙，在马尔科·克立兹斯基的催眠下，他平静地睡着了。马尔科咳嗽了两声后站起身，一副睡眼惺忪的样子，浅绿色的几缕野草还疏疏落落地挂在脸颊上。

"这位略显成熟的漂亮小伙儿是谁？"

"愿意为您效劳。"格里沙压低嗓音回答说，他的声音还有些沙哑，就好像在梦境里一样。"我是格里高利·沃洛比夫。"

"您这自豪的语气，就好像您是列夫·托尔斯泰一样。"

"我是这个可爱的社团的主席，"格里沙解释说，"法律系三年级的大学生。"

"你忘了再加上一句：以及马尔科·克立兹斯基的读者。"我插嘴说道。

"别在意这个，"格里沙对克莱尔说，"这个小伙还太年轻。"

那时我刚升上六年级；克莱尔已经中学毕业。她并不久居在这座城市。她的父亲是一名商人，偶尔生活在乌克兰。他们一家，也就是克莱尔的父母、姐姐还有克莱尔自己，租下了一栋大公寓的整个楼层，每个人住在各自的单间。克莱尔的妈妈从不在家。克莱尔的姐姐就读于音乐学院，每天不是练琴就是在城市里散步。大学生尤里卡始终寸步不离地陪伴着她，怀里抱着她的乐谱本。她的生活几乎只有两项活动：练琴和散步。弹琴时她一边演奏，一边飞快地念叨着"天哪，想一想，我今天还没有迈出家门半步"，而在散步时，她又突然想起，今天的某首练习曲弹得还不够熟练；尤里卡一定会陪伴在她身边左右，礼貌地咳嗽两声，接着将乐谱本从一只手换到另一只手上。这是一个奇怪的家庭。他们的一家之主是一个头银发的男人，一向穿着考究。他似乎完全忽视了自己居住的公寓。他开着黄色小汽车一会儿进城，一会儿出城，每晚都在剧院、餐厅或者酒馆里打发时间，他的许多熟人甚至不知道，他还抚养了两个女儿和操心着她们的母亲，也就是他的妻子。他有时会和妻子在剧院偶然相逢。这时他会十分殷勤地向她躬身致意，而她也格外客气地回礼，只是她的动作显得更为刻意，甚至有些滑稽。

"这是谁?"一家之主的女伴问他。

"这是谁?"他妻子身旁的男伴问她。

"这是我的妻子。"

"这是我的丈夫。"

接着他们相视一笑,心领神会:他看见了妻子的笑容,而她看见了丈夫的笑容。

他们放任女儿们自由成长。大女儿嫁给了尤里卡。小女儿克莱尔对一切都缺乏热情,毫不在意。在她们家没有任何规矩,连饭点都不定时。我去过她家几次。我从体育场直接前往克莱尔家,尽管有些疲惫但心里却美滋滋的,因为有克莱尔的陪伴。我喜欢她的房间:清一色的白色家具,宽敞的写字桌上铺着绿色的吸墨纸(不过克莱尔从没动过笔),真皮座椅的扶手上装饰着一颗颗紫色的圆粒,地板上铺着蓝色的毛毯,上面绘着不成比例的瘦长骏马和瘦削的骑手,他看起来像是脸色蜡黄的堂吉诃德;带枕头的矮沙发紧挨墙面,坐起来很是柔软。我甚至很喜欢挂在墙上的《列达和天鹅》的水彩画,尽管天鹅被涂成了黑色。"也许,这是普通天鹅和澳洲天鹅的混血。"我对克莱尔说。但是列达的形象却不成比例得令人难以宽恕。我喜欢克莱尔摆满房间的个人肖像,这足以看出她的自恋情结。但这不只是普通人身上非物质的、对个性的自我迷恋,她欣赏的还有自己的身体、嗓音、双手和眼睛。克莱尔总是一副欢快的样子,喜欢嘲笑别人,而且相比于其他十八岁的女孩子来说，她懂得相当多。她会和我闹着玩，让我大声朗诵一些滑稽的短篇，她自己则穿上成年男子的西装，用木炭在脸上画出胡须，模仿着男子低沉的嗓音，以此来向我示范一个"有修养的少年"应有的行为举止。尽管克莱尔对我很大方，不时用笑话缓解气氛，可我还是感到不自在。处在这个美妙年纪的克莱尔，作为女孩子的一切天分，一切可爱俏皮、一举一动、所思所想都能不知不觉地引起一份爱慕之心，这就像一种必然的生理反应。这种感觉往往不受个人控制，令两人之间的关系发生微妙的变化。我们不曾注意过它，但它却像植物一样自发生长，在隐蔽的状态下，在克莱尔的房间里生根发芽，向空气中释放一股令人折磨的、无力抵抗的气息。当时的我还不懂得这一切，但无时无刻不感受到它的存在；我感到难过，变得一惊一乍，答非所问，脸色苍白，甚至惊慌失措到辨认不出镜中的自己。我总是梦见自己沉浸在甜滋滋的火热液体中，克莱尔的肉体紧挨着我，又长又翘的睫毛下一双明眸扑闪不停。克莱尔似乎知道我的处境：她会叹一口气，伸个懒腰（她通常是坐在沙发上）仰面躺下，变了神情，紧咬着牙关。要不是后来因为克莱尔母亲的羞辱，我再没去过她家，这样的状态原本可以持续很久。事情发生得很突然：我像往常一样坐在克莱尔的扶手椅上。克莱尔躺在沙发上。门外突然响起一个女人的声音，她正在愤怒地和女佣说些什么。"这是我的母亲。"克莱尔解释说，"奇怪，她平常这个时候很少在家。"与此同时，克莱尔的母亲没敲门就走进了房间。她是一位三十四岁左右的瘦削妇人，脖子上戴着钻石项链，手上满是硕大的祖母绿宝石。她珠光宝气的样子令我感到诧异和不快。她原本可以很漂亮，但粗厚的嘴唇和锐利残酷的眼神破坏了面部的协调感。我站起身向她鞠躬致意。克莱尔马上向她介绍了我。她的母亲几乎没有看我一眼就说："很高兴认识您。"然后立马转身对克莱尔用法语说道：

"我不知道你为什么总是邀请这些年轻小伙来家里，就像这个穿着脏兮兮的开领衬衫的小子，他连礼貌都不懂。"①

克莱尔脸色变得苍白。

"这位年轻人听得懂法语。"② 克莱尔说道。

她的母亲用责备的眼神看向我，就好像是我做错了什么一样，接着快步地走出房间，砰的一声关上门，随后我听见她在走廊里大喊：

"啊，让我一个人静一静！"③

从那以后，我再没去过克莱尔家。到了深秋时节，人们不兴

---

① Je ne sais pas, pourquoi tu invites toujours des jeunes gens, comme celui-là, qui a sa sale chemise déboutonnée et qui ne sait même pas se tenir.

② Ce jeune homme comprend bien le français.

③ 原文为 Oh, laissez-moi tranquille tous!

打网球，运动场上没有了克莱尔的身影，我再没能见到她。我给她去过几封信，她在回信里约定过两次见面，却无一例外都失约了。我们四个月未曾相见。后来到了冬天，郊外的树林银装素裹，在严寒中萧萧作响，我去那儿的林子里滑雪。马车夫沿着压实了的雪路奔向郊外的酒馆"维里萨利"。乌鸦缓缓地掠过了森林边缘的一片雪原。我看着它们从容自在地飞向远处，心里想起了克莱尔。突然间，我心里产生了一种奇怪的期待，期待我与克莱尔在此处相逢，尽管我心里十分清楚，克莱尔根本不可能到这里来，但因为一心想着和克莱尔见面，我并没有考虑其他，我失去了清醒思考的能力。我就好比一个丢了钱包的人在四下找寻，却总徘徊在明知不可能找到的地方。这整整四个月里我只想着克莱尔。我的眼前总是浮现出她娇小的身姿、她的眼神、她的双腿还有黑色的丝袜。我想象着我们之间的对话。我梦见克莱尔，听见她的笑声。我缓缓地滑着雪橇，出神地望着雪面，就仿佛在雪地上寻找克莱尔的行踪。我在林中停歇下来，正打算抽一支烟时，听见了厚雪压弯枝丫的咔嚓声，我等待着，等待着即将响起的脚步声，等待着雪花飞舞，等待着从白色雪雾中看见克莱尔。尽管我对她的面容很熟悉，但每次出现在我幻想里都是截然不同的样貌。她在不断地变化，变化成不同的女性的面貌，一会儿是惠尔顿女士的样子，一会儿是劳滕费尔德的仙女的模样。我意识不到自己当时的境况。而如今看来，那时候一切的古怪惊奇和变化都像是广阔平静的水面上突然掠过的一阵探射强光，水面上波光粼粼，闪耀万分，而看向水面的人则在耀眼的光芒中瞅见了曲曲折折的帆船倒影，远处人家的灯火，石灰公路上的白色实线，金光闪闪的鱼尾，和一幢陌生的高大玻璃建筑的微光颤影。我感到有些寒意，于是又回到大路上，打算返回城里。当时已接近傍晚，落日下的雪层散发出粉色的柔光，渲染了四周。在公路尽头的拐弯处响起了马轭下的铃铛声，清脆的铃声在空中激荡，相互碰撞，喃喃地重复着模糊的旋律。天色渐暗，空中似乎悬隔着一面湛蓝的玻璃，上面显现着我将返回的城市的倒影，那里坐落着克莱尔居住的一栋白色公寓。我想，她可能正躺在沙发上，堂吉诃德在地毯上无声无息地奔跑，蓝灰色的天鹅缠绕住臃肿的列达。我感到，一条道路仿佛从克莱尔家沿着地面径直伸向森林，铺设在我的脚下，它将我引领向那个房间，那个沙发，引领向被浪漫故事环绕的克莱尔身边。我先是期待，然后自我欺骗。在一次次的错觉中，克莱尔的黑丝袜，她的笑声和眼神都揉捏作一团，变幻出一个非人的、怪异的形象，在那儿幻想与现实、童年记忆与模糊的灾难预感混淆在一块儿；这一切都是如此不可思议，以至于如果这是一场梦的话，我已经无数次尝试从梦中醒来。面对这种情况，我既身陷其中又置身其外，熟悉的面孔突然开始浮现于此，我辨认出了惨白的幽灵，它们是我曾经在虚空中幻想的残片，这意味着我的旧疾复发了。一切变得虚无缥缈，若有若无，地底太阳的橙黄色烈焰将山谷照得通亮，我跌进了漫天的黄沙暴中，跌落在黑水湖畔，跌入了我死亡般的寂静里。我不知道过了多久才恢复意识：我已经躺在了自己的床上，头顶是高悬的天花板。于是我用距离度量时间的流逝，仿佛在无尽的道路上走了很远很远，直到某股救星般的意志让我停下了脚步。有一次，我在打猎途中碰上一条受伤的野狼，它刚刚逃脱了猎狗的追逐。野狼艰难地在雪地上跳跃，在白色的雪原上留下一串鲜红的血迹。它不时停下来喘口气，接着又勉强地奔跑起来。当它倒下时，我感到可怕的地心引力紧紧将它束缚在地面上，这团抖动的灰色巨块被牢牢地拴住了，直到露着森森白牙的猎犬逼近。我想，正是这股像巨大磁铁一样的力量阻止了我失魂的游荡，将我拽回了现实，紧紧钉在了床板上。于是我又听见了保姆轻柔的歌声，像是从无形的蓝色河流的对岸飘扬到耳边：

啊，我看不见亲爱的人儿

她不在村庄，也不在莫斯科，

我只能看见亲爱的人儿，

在漆黑的深夜和甜蜜的梦中。

墙上挂着那幅熟悉的西波夫斯基的画：他当着我的面描绘出的大公鸡。"在克莱尔家是天鹅和堂吉诃德。"我一想到这儿，就立马坐了起来。"对，"我对自己说，就好像突然从梦中惊醒，恍然大悟，"对，这是克莱尔，那这又是什么？"我又陷入了焦虑的思考，"我知道，这一切——保姆、大公鸡、天鹅、堂吉诃德、我、流淌在房间里的蓝色河流，这所有的一切东西都围绕着克莱尔。"她躺在沙发上，脸色苍白，紧咬牙关，乳头若隐若现地在白色短衫下凸起，她穿着黑丝袜的双腿在空中舞动，就好像漂浮在水里，膝盖上的毛细血管因为血流的加速流动而膨胀。她身下是灰褐色的天鹅绒毯子，头顶是纹饰的天花板，我们与天鹅、堂吉诃德和列达一起痛苦地囚禁在一成不变的造型中。我们四周竖起一栋栋房屋，它们环绕着克莱尔所住的公寓。城市包围着我们，而草原和森林包围着城市，而环绕着草原和森林的是俄罗斯。在俄罗斯的大地之上，在高处的天空，漂浮着波澜不兴的倒映的大洋，汇聚了寒冬极地的水流。突然楼下响起了医生家的钢琴声，音符仿佛荡漾在秋千上。"克莱尔，我等着你，"我突然喊出声来，"克莱尔，我永远等着你。"于是我又看见一张脱离身体的克莱尔的白皙面孔和她的膝盖，就好像有谁砍下一截展示给我："你想看见克莱尔的脸庞，你想看见她的腿？那就请看吧。"我看着这张面孔，就好像瞧见陈列馆里一颗会说话的头颅，它的四周环绕身着奇装异服的人物蜡像、乞丐、流浪汉和杀人凶手。但是为什么，我在想，我的一切片段，这些我体验过无数次的事物、这熙攘的人群、不停歇的喧嚣，还有其他的一切：白雪，树林，家，黑色湖泊所在的谷地，为什么它们突然一齐呈现在我的脑海？我被抛向床榻，不得不在漂浮在空中的克莱尔的肖像前躺上几个小时，就像她房间里的堂吉诃德和列达一样纹丝不动地陪伴着她。我要变作一个浪漫主义人物，会在长久的岁月中失去自我，就像我在童年、在过去和将来永久经历的那样吗？在我的热病消退之后，我仍感到自己仿佛生活在一口漆黑的深井中，在镜面般的幽暗水面上不断地投影出克莱尔苍白的脸，它反复地出现，不停地变换。水面波荡摇晃起来，就像是风中的树梢，克莱尔的投影也无限地拉长、伸展，然后颤动着消失。

我最爱的事物莫过于雪和音乐。当暴风雪来临之际，天地间的一切都消失殆尽，没有房屋，没有大地，只有白色的雪雾、疾风和空气的呼声；当我穿过这片飞舞卷动的空间时，我偶尔会想到，如果《创世记》的神话诞生在北方，那么《圣经》中第一句话应该是："先有暴风雪。"暴风雪一停息，整个世界突然从雪堆下露出头来，就好像因谁的可笑愿望而诞生的一片童话般的森林；我观察着风雪里黑色建筑物歪斜的线条，伴随呼啸声的雪堆，还有大街上行走的小小人影。我特别喜欢观察鸟儿在暴风雪中穿越大雪的飞行和降落：它们就好像不愿意离开天空一样，一会儿蜷缩着身体，一会儿舒展开翅膀在空中勉力维持——不过最后它们还是落地歇息了。一旦降落，它们就像施了魔法一样，瞬间蜷曲成黑色的小球，用几乎看不见的小爪子踱步，以鸟儿特有的方式扑棱几下翅膀，也不知道为什么，我对这些动作了若指掌。我从很小起就不相信上帝，也不相信天使，但是上天之力所造成的视觉景象却始终留存在我的记忆里；我想，那些带翅膀的漂亮人类想必不会像鸟儿这样飞行和降落；这样急促的动作对于他们而言是不合适的，因为翅膀的来回扑棱意味着慌忙。从高处俯冲向下的鸟儿总让我想起一只被打死的老鹰。我记得有一天父亲扛着猎枪回家了，他狩猎野猪的旅程并不如愿；我迎面走向父亲，那时候我只有八岁。父亲抱起我，然后看向天空说：

"看，柯利亚：看见那只高飞的鸟了吗？"

"看见了。"

"那是只老鹰。"

果真有一只老鹰在高空舒展开翅膀滑翔；它一会儿侧身，一会儿摆正身子，似乎有意慢悠悠地在我们头顶盘旋。那天是个阳光明媚、酷热难挡的日子。老鹰可以不眨眼地直视太阳，我心里这么想。父亲瞄准了很久，猎枪的准星紧紧追随着雄鹰飞翔的轨迹，然后一声枪响。老鹰先是猛地向上一冲，仿佛子弹将它抛向了高空，接着急促地扑闪了几下翅膀就坠落了。它像是陀螺一样旋转着砸落在地上，大张着污迹斑斑的鸟喙；羽毛已经浸透了鲜血。当我奔向老鹰坠落的地方时，父亲呼喊着警示我："别靠近！"我一直等到老鹰没有响动时才敢走近。它伏倒在地面上，半扬着已经折断的翅膀，把头向里蜷曲着，掩住血迹斑斑的鸟喙，黄色瞳孔已经变得透明无神。它的一只鹰爪上套着闪闪发亮的小环，上面还刻着什么东西。"这只老鹰有些年纪了。"父亲嘟囔说。后来每次经历暴风雪，我都会想起这只被打死的老鹰，因为我正是在刮暴风雪的时候第一次回想起了它。那时我正在公园里滑雪，为了躲避暴风雪，我不得不躲进郊外树林中心的小木屋。这屋子原本是滑雪的休息点。等到天气转晴，我离开小木屋，又走进树林：雪橇深深陷落在新堆起的松软雪面上。过了一段时间，严寒骤至，整个天空瞬间泛起潮红。要刮风了，我心里想着，但四周暂时还笼罩在寂静中。"要刮风了。"我重复着说出声来。这时从林子深处突然传来一阵清脆的响声，我不知道这是什么声响，也许是挂在树杈上的冰渣子抖落了，也许是微风敲打过冷杉上晶莹剔透的冰锥；我只知道，在这阵响动后一切都会重归寂然，接着又是冰块的清脆响声。这声音就好像住在树洞里的森林小矮人在静静地拉奏水晶小提琴。突然间，我感到天旋地转，巨大的空间像是一张地理地图似的被随意折卷，我仿佛不是在俄罗斯，而是瞬间置身在童话般的黑森林。啄木鸟在树木上嘟嘟地敲打；皑皑白雪覆盖的群山在冻结的湖面旁沉睡；而在下面山谷的空气中漂浮着因寒冷而凝结的纤细清脆的网。在那一刻，就像我每次感到幸福时一样，我从自我的意识中消失了；这样的情况每每发生在我身处森林、草原、河面、海边和陶醉在书本里的时候。这像是一场无论我身处何地，都始终环绕着我的无声音乐会，可在那时我就已经充分感受到它的缺憾和短暂。它穿过我的人生，在这一路上瑰丽神奇的画面、难以忘怀的芳香、西班牙的城市、巨龙和美人出现又消失——我蜕化成了一个奇怪的生物，手脚对我而言变得多余，随身的许多东西显得既不方便，又无益处。我的人生突然陌生起来。我非常喜爱自家的房子和我的家庭，但我常常做着这样一个梦：在梦里我似乎走在市区，恰好经过居住的地方，但在梦里我总是错过它，无论如何都无法走进去，我不得不继续向前走。冥冥中一股力量强迫着我一直向前，就好像我还不知道太阳底下无新事的道理。我常常梦见这一切。我吸纳了无数的思想，亲身经历的感受与看见过的景象，但却无法体会它们的重量。可一想到克莱尔，我全身上下沸腾地就像被灌满了熔炼的金属，接下来的一切所思所想——思想、回忆、书本（它们一如既往的，急匆匆地想要摆脱自己平俗的样貌），卜列姆的《动物生活》或者死亡的老鹰——都必然变作克莱尔高耸的膝盖、她的短衬衣、衬衣下令人陶醉的圆点，围绕着她的乳头、她的眼睛、她的面孔。我竭力克制想起克莱尔，但这仅仅在少数情况下奏效。不过，的确有几个夜晚，我没有沉浸在关于克莱尔的回忆里：我以为那是我忘记了她，可实际上，是她沉入了我意识的深处。

一天深夜，我看完马戏走在回家的路上，——心里没有想过克莱尔。大雪纷飞，我抽的雪茄时不时地熄灭。大街上阒无人迹，所有的窗户都是一片漆黑。我一边走，一边回忆起小丑唱的曲子：

我不是苏维埃人，

我不是立宪党人，

啊，我是人民委员……

我的脑海里常常出现这段奇怪的，飘忽不定的回音，这归功于沙地舞台上一边弹奏乐器一边演唱的演员，他的伴奏旋律在我耳边几乎不停歇地响起。与此同时，我突然预感到某个事件的发生，就在我思索这一切时，我才意识到自己对身后的脚步声一直充耳不闻。我转过身：一个身影裹着狐绒衣领的大衣，仿佛包裹在一圈黄色的云朵中，她透过缓缓飘落的雪花睁大了眼睛注视着我——原来是克莱尔跟在我的身后。我仿佛听见不远处的角落里突然传来一阵流淌在人行道上的、急促的汨汨流水声，一会儿又听见锤子敲打石头的声音，紧接着是一阵旧疾骤发时常常笼罩我的寂静的降临。我快喘不上气来；风雪弥漫四周，接下来发生的一切就好像与我无关，我仿佛灵魂出窍：我几乎张不开口，而克莱尔的声音缥缈得好似从遥远处传来。"您好，克莱尔，"我说，"我们相当长一段时间没见面了。""我一直在忙，"克莱尔笑着回答说，"我结婚了。""克莱尔现在结婚了。"我心里想着，脑子还是糊里糊涂。但是出于可怕的惯性，我仍然保持着对话，勉力维系着一小部分还未溃散的注意力，我继续回答，交谈，甚至在对话中流露出伤心；但是我说的一切都是错误的，与我内心的感受毫无联系。克莱尔没有停止笑声，她仔细地注视着我。现在我回想起来，当她明白没法将我从短暂的茫然中拉扯出来时，她的眼神里闪过了一瞬的惊恐。她告诉我说，她已经结婚九个月了，但是她并不想毁掉自己的好身材。"这很好。"我喃喃地说，只明白了克莱尔字面上的意思：她不想毁了自己的身材；至于为什么身材会被毁掉，我并没有听说过，也并没有明白。要是在其他时候，关于不想毁掉身材的说法一定会让我大吃一惊，这就好像有人平白无故地说："我不想截断一条腿。""现在您不得不握手言和了，因为我已经不是少女，而是女人。您还记得我们的第一次对话吗?""握手言和?"我心里琢磨着这个词。"是的,必须握手言和……可我并没有生您的气,克莱尔。"我说。"这没有吓到您吧?"克莱尔接着问道。"没有,恰恰相反。"我们并肩走在了一起;我挽住克莱尔的手;四周飘着鹅毛大雪。"用法语写一写。"我先是听见了克莱尔的声音,但立马反应过来,这是我在心里自言自语。"克莱尔已经不是少女了。"[①] "非常好。"我说道。——"克莱尔已经不是少女了。"当我们一起走近克莱尔的寓所时,她对我说:

"我的丈夫现在不在城里,我的姐姐在尤里卡家过夜。爸爸和妈妈也不在家。"

"您会睡个好觉的,克莱尔。"

但克莱尔又扑哧笑出声来。

"希望不会。"

她突然贴近我,双手扯住我的大衣领子。"来我房间。"她的声音格外清晰。在雾气中,在一段相当远的距离,我看清了她平静的脸庞。我没有挪动脚步。她的脸靠近我,露出恼怒的神色。

"您是疯了还是病了?"

"没有,没有。"我回答说。

---

① 原文为法语:Claire n'etait plus vierge.

"您是怎么回事？"

"我不知道，克莱尔。"

克莱尔没有和我说一声再见就转身上楼了，但我听见她如何打开房门，接着在门口等待了一分钟。我想跟上她，但做不到。雪一如既往地飘落，一如既往地在夏天消失，我迄今为止知道的、爱过的一切也被携裹进旋起的风雪中，尔后消失得无影无踪。那天以后，我失眠了两个夜晚。过了一段时间，我在大街上又碰见了克莱尔并向她弯腰致意，可她已经不再理睬我的问候了。

在我与克莱尔分别的这十年里，无论何时，无论何地我都没法忘记这件事。我要么悔恨得要死，要么幻想自己已经做了克莱尔情人的场景。在蛮荒的亚洲各国流浪漂泊、露宿街头的时候，我总是回忆起她恼怒的表情。多年以后，我还会因为无尽的懊悔而从梦中惊醒，一开始我不清楚这股懊恼从何而来，只有在后来我才渐渐猜到，懊悔的原因正是我对克莱尔的思念。我又一次看见了她，目光透过雪花，透过暴风雪，透过我生命中最强烈震颤引起的无声巨响。

无论在什么样的情况下，无论身处什么样的人群中，我都有一种强烈的预感，确信将来不会生活在这里，不会像这样生活。我时刻准备迎接变化，尽管还未预见它的到来；我会提前为将来的分别而惋惜，惋惜现在已经相处习惯的朋友和熟人，我有时会想，这种持续等待的状态并不依赖于外部的条件，也不是因为对变化的酷爱；这是一种天生的、稳定的、甚至是本能的东西，就像视力和听觉一样。不过，从外而来的所见所闻有时也会刺激这种等待感，二者之间存在着某种捉摸不定的难以理解的联系。我记得，在离家不久前，我还没有下定决心离开时，我在公园里突然听见身边的一段波兰语。两个词反复地在我耳边响起："福社斯特阔"和"巴勒得佐"①；我感到脊背发凉并下定了决心非走不可。这两个词与我人生的进程能有什么关系呢？可是一听见它们，我就知道，犹豫已经一扫而光。如果在我身边响起的不是一段波兰语，而是鸫鸟的啼鸣或是布谷鸟忧郁的叫声，我不知道我是否还会产生同样的笃定？我认真地注视着那个发出"福社斯特阔"和"巴勒得佐"的人。他看起来是一个波兰犹太裔，他面露惊恐，随时准备堆砌起笑容，他的神色中似乎还有一点尽管若隐若现，但毫无疑问的下流气，这通常会是一张食客或者小白脸的面孔。在他身旁坐着一位二十二岁上下的姑娘；她发红的手指带着戒指，修长的指甲并不干净，眼神里透露出一股辛酸和忧伤，但她独特的笑容却和蔼可亲，让任何一个偶然看向她的人都会突

①　原文为 вшистко（所有）和 бардзо（非常）。

然心生亲近。在那以后，我从未见过他们；但我却牢牢地记住了他们的样貌，就好像熟识多年一样。话说回来，我对陌生人总是很感兴趣，原本在熟人身上惯以为常，因而也变得了无生趣的东西，在他们身上有着更鲜明的表现。那时候我就觉得，每个陌生人一定知道些我揣测不得的事物；我区分出普通的和杰出①的陌生人。后者在我的想象中被视为一类外国人，这意味着他们不仅仅属于另一种族，而且还来自于一个遥不可及的世界。也许，我对克莱尔的感情或多或少在于她是一个法国女人，一个外国女人。尽管她的俄语十分流利纯正，她理解俄语中的一切表述，甚至包括民间谚语，但在克莱尔的身上仍然留存着一种异域的魅力。她的法语对我而言充满了难以捉摸、近乎奇迹的迷人气息，尽管我的法语也并不落下风，也理应把握它的音韵之美，当然，不会像克莱尔那样完满地把握，但多少也应当对此有所了解，可惜的是，我终究参透不了其中的奥妙。从另一方面而言，我始终无意识地追逐着未知事物，寄希望于在其中寻找到新的可能和新的国度；我以为，在接触未知事物的过程中，一切至关重要的，我的一切知识和力量，想要理解新事物的愿望都会以一种纯粹的形式复活再现；在理解的同时，我也征服了它。而当我想到骑士

---

① 原文为法语：par excellence

和恋人，想到骑士们的远征，想到骑士倾倒在异国公主面前时，同样的渴求感会突然爆发，因为这一切依旧是对知识和权力的强烈愿望，只不过改换了形式。但在这里却出现了一个矛盾：远征的骑士们都抱有直截了当的理由，他们相信这些理由并坚定地为之而战；但它们是否真实，或许也仅仅是假想？当所有的历史、浪漫主义和艺术走向舞台时，它们赖以生存的事实早已死亡，不复存在，关于它们的一切所思所闻也不过是活在想象力中的阴影的游戏。就像童年时在父亲的讲述中，我曾幻想过海盗船上的冒险，后来也想象过国王、西班牙征服者和美女的故事，但事实上这些美女有时不过是名妓，西班牙征服者是刽子手，而国王也可以是傻瓜；红胡子的巨人巴巴罗萨从未想到过什么知识、幻想和对未知事物的热爱；即使他遵从着百年以后人们为他所创造出来的假想人生，也许，在他落水身亡的片刻，他所回想的事物并非人们所设想的那样。当我想到这些时，一切变得虚幻和缥缈，仿似迷雾中徘徊的阴影。于是我再次将注意力从这些令人紧张的、天马行空的幻想转移到身边肉眼可见的、亲切熟悉的人和事上；更何况，我已经预感即将到来的、无可逃避的分别，这也许是我们的最后一面。可是当我仔细地观察时，他们的缺点和可笑之处远比优点更引起我的注意；一部分的原因在于我看不来人，另一部分原因则在于我对他人苛刻的批判性，那时我还不懂得包容和理解，直到后来我才掌握了这门艺术，尽管它并不总是奏效，可是偶尔也令人感到真挚和坦率。当我对某些人感兴趣时，我喜欢和他们保持一定的距离，如此一来，他们就会拥有一种高深莫测的神秘感，尽管我知道这里的"高深莫测"仅仅是自己的一厢情愿，但还是不由自主地创造他们"高深莫测"的假象。在这些人中我最喜欢的是工程师鲍里斯·别洛夫。他刚从技术学院毕业，总是一副嘻嘻哈哈的样子。有一回，天生一副金嗓子的武备生瓦洛佳（他从某个游击队放假回来，别洛夫这么向别人介绍他：'弗拉基米尔，歌唱家兼游击队员。'）在客厅演唱沃罗宁的罗曼司《寂静》。当唱到"月儿从椴树的倒影后冒出"的一段时，别洛夫在他的身后扮成漂浮的月亮，来回挥动着双手，腮帮子吹得鼓囊囊，就像一个落水的人。瓦洛佳刚演唱完，别洛夫立马接过话来：

"我花了一大笔钱终于确凿地证实了月亮真的可以漂浮，而椴树是用花边做成。"

在一旁的画家西威雷宁苦笑着说道："你就可劲儿插科打诨……"西威雷宁不喜欢开玩笑的人，因为他自己从不打趣，而且也不会开玩笑；他总是一脸忧郁。"不可被战胜的人，"别洛夫这么评价他说，"忧郁冠军。"不过他身上最神奇的一点在于，世间少有人能像他一样拥有如此神奇的食欲。"那么，西威雷宁，你为什么总是犯愁?"一位小姐问他。而西威雷宁,又是苦笑一下,漫不经心地看着前方说:"这很难解释……"而在这之后是一阵长时间的沉默,最终别洛夫打破了沉寂,高声朗诵:"我的忧愁赋予谁?"不过,别洛夫可不仅仅是个讲笑话的小丑;有一天我偶然到他那儿做客。在他家附近,我听见了托塞利的小夜曲。待我仔细一瞧,发现正是别洛夫本人在拉小提琴。"怎么,您还会拉小提琴?"我很惊讶。他既没有开玩笑,也没有嘻嘻哈哈,只是漫不经心地回答我:

"音乐是这个世界上最好的东西。"

然后补充说道:

"而最可悲的莫过于不具备任何天赋。"

接着他立马反应过来,重复说音乐是这个世界上最好的东西,但又用另一种惯常的玩笑口吻补充说:"也许,哈密瓜也不错?"然后装出一副深思熟虑的模样。尽管如此,我还是知道了他认为有必要掩饰的东西(他取笑过一切,但是也比任何人更害怕被取笑),在那以后别洛夫对我显得比以往要更谨慎和收敛。

画家西威雷宁是个目光狭隘、没什么远见的人。他通常保持沉默,可一开口就语出惊人——总是蠢话连篇。他十分欣赏自己的画作,认为自己仪表堂堂,在异性中颇受青睐。"你们知道吗,"他有一次告诉我们,"我可算是个美男子啊!有一阵子,我每天都上剧院看戏。有一天，散场的时候一位著名的女演员焦急地跑来问我：您是谁？您叫什么名字？您听得清吗？我在房间里等您……我该怎么办啊？我只有惨淡地一笑——他真是亲口这么说的——回答她，亲爱的，我不喜欢女演员。她把嘴唇咬出了血印，用扇子猛敲一记下巴，迅速地转过身去离开了，而我耸了耸肩。"我会记下这个故事的，"别洛夫接着说，"就像您说的，她咬了咬嘴唇和迅速转身，毫不在意那一下敲击吗，她用扇子打在下巴上的那一下？而您就惨淡地笑了笑？"西威雷宁什么也没说，而是接着讲起了他的画室。顺便一提的是，他的画室是一个精巧的小房间，墙面上对称地挂着画作。别洛夫有一次不知怎的参观了他的画室，墙上的一幅鸟类头部特写让他大吃一惊。鸟儿衔着一片暗沉的物件，远远看去，就好像衔着一片铁皮。在画作下方标明了"天鹅草图"。别洛夫将信将疑地问道："这是草图？""草图。"西威雷宁确定地回答说。"那什么是草图？""您看，"西威雷宁想了一想说，"它是这样一个法语词。"接着他环视四周，目光停留在西敏诺夫身上，这是他亲近的朋友，也是他的崇拜者。西敏诺夫点点头，以表对西威雷宁看法的赞同。

　　西敏诺夫并不懂得绘画，就像他也不懂得任何超出他那卑微的知识领域的东西一样。他和我曾就读于同一所中学，但比我高三个年级。和西威雷宁结识时，他已经考入了本地大学。他总是随身携带革命手册和宣传单，储备了一大堆关于合作化和集体化的理论思想；不过他对这些问题的了解仅仅来自于广泛流行的通俗读物，对社会主义的历史、圣西门的宗派主义、欧文的破产一无所知。他自然也没听说过那个疯会计的故事：他终其一生都在等待着一个傻瓜借贷给他一百万法郎，然后用这笔钱在法国创造幸福，接着造福全世界。我问西敏诺夫：

"难道您读不厌这些小册子吗？"

"它们可以帮助我们解放人民。"我没有反驳他。但是别洛夫插入了我们的对话。"您坚信，人民离开了我们就不行了吗？"他问。"要是所有人都这么想，那我们永远都不会成为有自觉意识的民族。"西敏诺夫回答说。"您看，"别洛夫对我说，"这些小册子把这个可爱的家伙折腾成了什么样了？有自觉意识的民族从未出现过。为什么突然间在这些狗屁不通的书本的帮助下我们就获得了自觉意识？以后西敏诺夫会给我们教授价值论的进化，而马拉法，我们的厨娘，这位大善人的妻子，则会给我讲述早期文艺复兴时代？西敏诺夫，你把这些小册子拿给西威雷宁看看，告诉他，这就是草图。"但当西敏诺夫将小册子交给西威雷宁时，大家发现，西威雷宁也早已是同道中人了。别洛夫很是高兴，他握住西威雷宁的手说：

"恭喜您，亲爱的。我还以为，这些草图一直是他画的？"

西敏诺夫总是一副奇怪而高傲的样子，用一种格外鼓动性的语气说：

"您空洞的讽刺，别洛夫同志，会让有价值的工人们离开我们的队伍。"

"这简直不是人，"别洛夫笃定地说，转向我和西威雷宁，"不，他是报纸。甚至不是报纸，应该是先进的文章，您是先进的文章，您明白吗?"

"也许，我比您想象的要懂得多。"

"看看这是什么话!"别洛夫一脸嘲讽地说，"懂得，想，集体意识可不接受这样的东西。"

不过别洛夫的嘲讽并没能刺激西威雷宁和西敏诺夫，这除了因为他们天生的愚钝外，还因为他们正处在"热议政治和社会经济"的流行风潮中。我对这股风潮不感兴趣；我更喜欢那些与我息息相关的，对我而言具有珍贵和重要意义的抽象理念；我可以几个小时耐心地研读波墨的书，却读不下去有关合作化的著作。当人们在谈论诸如俄罗斯与革命这样的政治话题时，我感到自己格格不入，但在这种场合下，时间本身的意义，确切地说是它的流动对我却别有意义。我总是在深夜回想起这些谈话。我的书桌上亮着一盏孤灯，窗外是一片漆黑和寒冷；我仿佛生活在遥远的孤岛上；幽灵随着我的念头浮现，它们涌入房间，拥挤在窗前，环绕着四壁。于是，在俄罗斯的天空中寒风凛冽，厚雪层积，黑压压的一片房屋，音乐在缥缈萦绕，一切在我眼前流动，一切变得梦幻而失真，一切都在缓慢中挪步，停息静止，接着突然又开始移动；一幅幅画面走马灯似的在我眼前闪过，仿佛风吹动蜡烛的火焰，不知从哪儿来的神秘力量陡然在墙上投下颤巍巍的阴影，仿若突如其来的晦暗无言的梦境。我因为疲倦而合上双眼，一道大门仿佛在我眼前关闭；此时在黑暗深处传来一阵地底的喧响，我听见却无法看见，不能理解却极力想要明白和记住它。我听见了其中沙子的簌簌作响、大地的轰隆颤动、冲上云霄的破空尖啸、流浪乐师的手风琴声，最后还有清晰地回响在耳畔的跛脚士兵的歌声：

莫斯科的大火在咆哮燃烧……

此时我又睁开双眼，团团的雾气和红色的火焰出现在眼前，火光照亮了隆冬里的街道。那段日子，天气冷得不像话，那时候我在读中学六年级，我们甚至穿着大衣在室内上课，老师要穿上皮袄来回踱步。他们虽然薪水少得可怜，但永远是仪容整洁地出现在课堂上。有几门课因为招不到老师而变成了自由活动，我们用这段时间合唱几首流传于苦役犯中的小曲儿。曲子是别列克教我们的。他是十八岁的小伙儿，瘦瘦高高，生活在城市里不太平的片区儿，和未来的小偷甚至杀人犯混在一起。他随身携带芬兰短刃，满口的小偷黑话，特别擅长弹响舌头和从牙缝里吐痰。他是个非常好的伙伴，但却是一个糟糕的学生，可这不是因为他平庸无能，而是因为他出身普通家庭，家里没人能给他辅导功课。他的父亲开了一间细木工作坊，在一侧的偏屋里没有人知道什么是百年战争，什么是红白玫瑰战争，所有这些名称、外文词汇、新历史中复杂纠缠的事件，还有热力定律、法语和德语经典中的选段，这一切对别列克来说都是如此格格不入，以至于他既不能理解，也无法记住，甚至感觉不到其中具有什么意义，即使是最微小程度的裨益都没有。倘若不是别列克的精神需求已经在别处得到了满足，那他也许还会对此感兴趣。可是，与大多数这一类型的人一样，他非常多愁善感；他几乎是噙着眼泪唱完苦役犯的歌曲：这些曲子取代了书籍、音乐和戏剧，填补了他的精神空虚。这种精神需求在别列克的身上要远远强于那些受过更好教育的同学们。大多数老师并不了解这一点，他们简单地将别列克看作流氓；只有俄语老师格外严肃认真地对待他，给予他不少关注，从不嘲笑他的无知，为此别列克真挚地喜爱他，不像对其他老师那样充满敌意。

这位老师在我们看来很是奇怪。他课上所教授的内容往往出人意料，有别于我在另一所中学五年里一直学习的东西；他的名字叫作瓦西里·尼古拉耶维奇。"现在我告诉你们列夫·托尔斯泰这个名字，"他说道，"要知道民间对他有独特的看法。比如说，我的母亲。她是一名非常普通的女性，一名女裁缝。在我的父亲去世后，她不知怎么地，想要去拜访托尔斯泰并向他请教意见，问问接下来的生活该怎么办；她的处境非常糟糕，她穷得可怜。她把托尔斯泰视作人间最后的庇护者和智者，所以才想要拜访他。我们对此有另外的看法，但是我的母亲是一个单纯的妇女，她可能不理解安娜·卡列尼娜、安德烈公爵，更不用说别祖霍夫和海伦的心理活动。她的想法简单却坚定，真挚而诚恳。而这，先生们，就是莫大的幸福。"接着他又谈起了特列季亚克夫斯基，向我们讲解了音节作诗法和轻重音格律作诗法的区别，最终总结道：

"特列季亚克夫斯基是个不幸的人，他的时代很残酷，他受尽了屈辱；你们试想一下，在当时鄙陋的宫廷制度下，他扮演着一个小丑和诗人之间的角色。杰尔查文就比他幸运得多了。"

瓦西里·尼古拉耶维奇自身的形象酷似分裂教派的圣徒——灰长的胡须，一副简式的铁框眼镜；他讲话快得像连珠炮，一口北方话在乌克兰地区听起来格外突兀。他的衣着寒酸简陋，陌生人倘若在街上看见他，完全料想不到这个小老头会是一位优秀资深的教育工作者。他全身上下透露出一股苦修的气质：我犹记得他紧锁的白眉，镜片下发红的双眼，他的真诚、勇敢和朴实；他的立场对于盖特曼而言过于激进，对于布尔什维克来说又过于保守，但他从不遮掩自己真实的想法；他坦然地告诉我们他的母亲是女裁缝——很少有人能做到这一点。当我们读到大司祭阿瓦库姆的行传时，瓦西里·尼古拉耶维奇为我们朗诵了很长一段选文：

"……彼时周日天色渐亮，我被押上了大车，松开了手铐，带着我从牧首的庭院来到安迪洛涅修道院，到了那里，我又被戴上了镣铐，被送进黑暗的地下小室；我在那里坐了三天三夜，不吃也不喝。在黑暗中我戴着镣铐跪坐着，不知道是在向东还是向西祈祷。没有人来看我，只有老鼠和蟑螂，蟋蟀唧唧嘶鸣，臭虫很多。到了第三天，我饿得枵肠辘辘，就是说很想吃东西。做完晚祷后，我的面前出现了一个不知是天使还是人的影子，我到现在也不清楚他是谁。我只是在黑暗中念祷文。他抓住我的肩膀，让戴镣铐的我安坐在长凳上，向我的手里塞了一把汤匙，给了我一些面包和一些菜汤，非常可口，好吃极了！然后他对我说：'够了，这足以让你坚持下去。'接着他就消失了……他们将我转交给了黑衣修士，修士们把我拖进教堂。在那里他们撕扯我的头发，朝我的两肋挥拳，拉拽我的镣铐，向我脸上吐口水。愿上帝永远宽恕他们，因为这不是他们的罪过，而是狡猾撒旦的恶意。"

"还有一回，另一位领头人对我拳打脚踢。他冲进我的房间，殴打我，在我的手上留下犬牙似的齿痕。一直咬到满嘴鲜血才松开我的手臂，回到自己的屋子里。感谢上帝，我用手帕包住手臂去做晚祷。在半路上，他又带着两支小口径的火绳枪冲向我，一靠近我就立马开枪。但上帝保佑，火药虽然在枪膛里爆燃了，但子弹并没有射出。他丢下这支枪，又用另外一支瞄准我，但上帝又一次保佑了我，那支枪也没有打响。我一边走，一边用心祷告，一只手画十字，向上帝躬身祈祷。他向我咆哮，而我对他说：'感谢上帝吧，伊凡·罗季奥诺维奇，善恶终有报！'他因为教堂仪式对我不满：他总想快点结束，但我按照规章唱诗，并不慌忙；他为此感到沮丧，强占了我的宅邸，把我赶了出来，夺走了所有的家什，也不给我上路的盘缠。"

他的朗诵十分精彩；我的一个同学舒拉（他是我所见过的最聪明能干的人之一）对我说："你知道吗，瓦西里·尼古拉耶奇自己就像大司祭阿瓦库姆，像那人能走进火堆自焚的人。"

"你们应该都听过圣母为舞姬辩护的传说吧?"有一天瓦西里·尼古拉耶维奇问道。可全班只有一个人知道这个故事：一个犹太男孩，他的名字叫作罗森博格；他一副稚气未脱的样子，身材瘦小，以至于看起来像完全不是十六岁了，而是十一二岁的模样。每天早晨八年级的学生在路上碰见他时都会大喊："小屁孩儿，小屁孩儿，快跑呀，要迟到了！"罗森博格委屈得直掉眼泪。他比同龄人聪敏和成熟得多：他知识渊博，记忆过人，总是了解许多稀奇古怪的东西：他从厚厚的日历本里知道了墨西哥的施肥方法、波利尼西亚人的宗教迷信、英国议会诞生时的笑话等等。只有罗森博格知道圣母为舞姬辩护的传说，所以在瓦西里·尼古拉耶维奇询问我们的时候，他挺身而出地回答说，难道还有谁还不知道吗。不过瓦西里·尼古拉耶维奇知道大部分学生并不了解这段故事，所以他还是娓娓道来：所有人都屏息凝神地认真听讲，连别列克也出神地望着自己的芬兰小刀，老老实实地坐在原位，目不转睛地盯着反光的金属，陷入了深思。两天以后，瓦西里·尼古拉耶维奇建议我们读一读新出版的托尔斯泰传记的开头。开头的部分是关于穆拉维意兄弟的故事，这次甚至是罗森博格都不知道"穆拉维意兄弟"。这一天我刚刚得罪了学校新来的神父。他穿着丝质的法衣和锃亮的靴子走进教室，十分造作地在胸前画了一个十字。他看着在座的学生们说：

"先生们，现在这个时代，神的律法和教堂的历史似乎已经不再吃香了。"他摇了摇头，撇嘴讥讽地干笑几声。"也许，你们中间还有无神论者，他不愿意出现在我的课堂上？那么，"他轻蔑地一笑，敞开双手，"请他站起来，离开教室。"当说到"离开教室"时，他的神情变得严肃认真，就好像在强调说，现在对愚昧的无神论者的嘲讽结束了，当然，你们中间也不会有人想要离开教室。他全身上下都流露出一股高傲劲儿，见缝插针地提醒我们：现如今宗教在受到压迫，它的信徒们需要拿出非凡勇气与之对抗，就像基督教刚刚诞生的时代一样。而且他会引经据典，但却常常闹乌龙，比如将圣托马斯·阿奎那的格言安排给圣·约翰；不过我想，他可能根本不在乎这一点：他捍卫的并不是森严的宗教本身（他本人并不十分虔诚），而是另外的东西。这一另外的东西体现在他习以为常的"被迫害"感，他渐渐地依存于这种"被迫害"的处境，而如果有一天宗教再次获得尊严和光荣，那么他一定会变得无所适从，他的人生可能会因此艰难而乏味。

我起身离开了教室。他目送着我离开，然后评价说："还记得祷文中的一段话吗？'吵闹者，请离开!'"一周以后，瓦西里·尼古拉耶维奇问我："赛西德福，您不信仰上帝吗?""不，我不信，"我回答说，"您呢，尼古拉·瓦西里耶维奇?""我是一个虔诚的人。那些抱有坚定信仰的人是幸福的。"

总之，他最常用的两个词就是"幸福"和"不幸"。瓦西里·尼古拉耶维奇属于某一类不屈不挠的俄罗斯人，他们将寻找真理视作生命的意义，即使深知，他们所理解的这种真理在世上并不存在也不可能存在。在他的俄语课上，我们常常能听到些关于其他事物的评价，这是些与教学没有任何直接关系的东西，比如对当代性、宗教和历史的讨论；他在谈吐之间流露出令人惊讶的卓识。突然之间，我们就得知他出过国，长期旅居瑞典、英国、法国，精通外语。他对国外的一切都感兴趣：无论身处何处，他始终不懈地寻找自己的真理。后来我常常会想，他是否寻得了真理，他是否有足够的勇气欺骗自己，最后他是否会不抱遗憾地离开人世？但我以为，就算有一天他感觉找到了真理，他也会匆匆地否决它，重新上路：或许，他的真理不是那种天真的渴望，渴望得到我们从未获得的事物；也不是对平静与和睦的祈求，因为平静与和睦注定会造成思想上的无所作为，这在他看来是耻辱和折磨。瓦西里·尼古拉耶维奇是我在各个中学之间辗转多年以来最喜欢的老师之一。其他的老师不过是目光狭隘，只关心自己事业前景，将教学看作公事的凡夫俗子罢了。最差劲的是那些神父，他们尽是些愚昧无知的老夫子。只有我的第一位戒律学老师，一位院士和哲学家，在我看来是一个尽管不切实际，但十分优秀的人。他从不是迂腐的老学究：在读五年级时，我很长一段时间都在向他请教《宗教大法官》和勒拿的《耶稣的一生》中无神论的思想，那个时候我沉迷于阅读《卡拉马佐夫兄弟》和勒拿的作品，课上几乎不听讲，也不了解教义问答和教会史的知识，但他一整年都没有让我回答过问题。可在最后的一个学期的一天，他钩钩手指唤我过去，轻轻地对我说：

"科里亚，你以为，"他对所有人都说"你"，从第一天上课起他就这么称呼我们，"我不知道你在教义问答方面的情况吗？亲爱的，我全都知道。但是我还是给你五分，因为你对宗教起码还有一点兴趣，回去吧。"在讲解经文时，他的眼里会涌出泪花；但是他似乎也并非十分虔诚。他让我想起插图里的宗教大法官——他在辩论中所向披靡，无往不胜，唯一可惜的是，他信奉的是东正教，而不是天主教，不然就会更像宗教大法官了。他还有一副好嗓音，让人感到充满力量和智慧（我不止一次地发现，人的声音和脸庞一样，也区分出聪明和愚蠢，天才和无能，善良和下流）。几年以后爆发了国内战争，他在南方不幸遇害。因为对神父抱有一贯的反感，我对逝者生前的态度并不友善，而现在他的死讯传来，让我倍加愧疚和难过。

我自己也不清楚为什么我会讨厌神职人员；也许是因为我听信了某个说法，认为神职人员和巡警一样，都处在最被人唾弃的社会地位。你不能和他握手，也不能邀请他吃饭；我还记得一位警察局分局长高高瘦瘦的身影，他每个月都会来收取贿赂（天知道为了什么！）。他耐心地在门廊处等待女仆把赃款塞给他，然后响亮地咳嗽两声，迈着雄赳赳的步子离开。局长的低帮皮靴擦得锃亮，夸张的马刺摇晃得叮当作响。当时只有警察局长以及教堂合唱指挥会穿这种靴子。我在读三年级时有一次不得不贿赂神父。复活节到来的前两周，我因为生病而缺席了学校教堂的斋戒祈祷；但约拿神父告诉我，必须在秋季学期出示祷告的证明，否则我就会被留级。那一年，我像往常一样在基斯洛沃茨克避暑。我的维达利舅舅是一个怀疑主义者兼浪漫主义者。他的官阶直到退伍还只有龙骑兵大尉，这是因为他向团长发起过决斗，后者在军官会议上拒绝了挑战，为此他吃到了舅舅的一耳光。舅舅受到了处罚，在要塞里被关押了五年。当被释放时，他完全变了样，已经成了一个知识渊博的人，他在艺术、哲学和社会科学等方面的见识之广博对于一个普通军官来说简直不可思议。后来他留在原来的兵团继续服役，但再也没有晋升过。我的舅舅对我说：

"科里亚，你就塞十卢布给那个长头发的蠢货。让他给你开一个斋戒祈祷的证明。没必要去教堂，这都是闲着没事儿干。你就给他些钱，拿一张证明就好。"

维达利舅舅喜欢骂人，总是对任何人都一副不满的样子，但是总的来说，他在打交道和招呼他人时还是宽厚而善解人意的。当舅妈准备惩罚自己八岁的儿子时，舅舅袒护他说："让他一边静一静吧，他还不理解他做了什么。你可别忘了，这个孩子已经够笨的了，如果你还要抽他一顿，他只会更笨。而且打孩子本来就是不对的，只有像你这样愚昧的女人才不知道这个道理。"舅舅每句话的开场白几乎都是："这些白痴……"

"神父不会这么轻易给我开证明的，"我回答他说，"我应该一开始就去做斋戒祷告的。"

"这都是蠢话。你给他十卢布就完事儿了。照我说的做。"

我按他说的去找神父。他住在一个小房间里，屋子里摆放着两把亮黄色的光漆扶手椅，墙上还挂着大主教的肖像。我请求他给我开具一份证明，他回答说：

"我的孩子，"他的称呼让我难受得全身痉挛，"去教堂吧，先忏悔，然后领圣餐，一个星期以后你就可以领到证明了。"

"现在不可以吗?"

"不可以。"

"我希望现在就拿到，神父。"

"现在不行。"神父有些责怪我的不懂事。这时候我抽出一张十卢布放在桌上，不敢抬头看向神父，因为我内心感到羞愧。神父掀起法袍，露出下身黑色的带套袋的修身长裤，将钱塞进了口袋里然后大声呼喊："助祭!"助祭一边嘴里嚼着什么东西，一边从隔壁房间出来了。他热得满头大汗，再加上本身肥胖臃肿，汗水就沿着脸颊流个不停，眉毛上挂满了晶莹透亮的汗珠。

"请给这个年轻人出一张斋戒晚祷的证明。"

助祭点点头，立马给我写了一张证明，上面的字迹还格外工整漂亮。

"我跟你说什么来着?"舅舅嘟囔说,"小伙计,我可是很了解他们的……"

舅妈指责他说:"你别和小孩讲这些东西。"

而他反驳说:"这个孩子和其他所有的孩子一样,知道的不比你少。他娘的,我可相当清楚这一点。要是你也开始教我怎么做事,那我还不如上吊算了。"

维达利每晚都在凉台久坐,一副若有沉思的样子。"你为什么在凉台上坐这么久?"我问他。"我陷入了深思。"维达利漫不经心地回答我,就好像他真的已经沉入思想的深处——就好比沉入水中或者泡进了澡堂。有时,他会和我聊两句:

"你几年级了?"

"四年级。"

"你在学些什么?"

"各种各样的学科。"

"他们尽教给你一些蠢玩意儿。关于彼得大帝和叶卡捷琳娜你知道些什么? 来,说说看!"

我和他说了说我知道的东西。刚一说完,我就等着听他说:"这些白痴……"

他果然说道:"这些白痴都教你些谎话和假象。"

"为什么是谎话？"

"因为他们是白痴。"维达利笃定地说，"这些人以为，俄国的历史如果只是一段虚伪的仁慈贤明帝王更替史，这样会更有利。事实上，你学到的仅仅是一个虚伪的神话传说，它掩盖了历史真相。所以到最后，你就会变成一个傻瓜。不过，即使你知道历史的真相，你还是会变成一个傻瓜。"

"一定会变成傻瓜吗？"

"一定会，所有人都会。"

"那比如说，你呢？"

"你真是没有礼貌。"他十分平静地回答我，"不该向长辈提这种问题。不过既然你想知道，那我就告诉你，我也会变成傻瓜，尽管我也更希望是另外一种结局。"

"那怎么办呢？"

"变成坏蛋。"他厉声说道，接着转过身去。

舅舅的婚姻并不幸福，婚后几乎远离家人独居。他十分清楚自己漂亮的莫斯科妻子早已红杏出墙；他们的年纪相差太多，舅舅要大上许多岁。每个夏天，我都会在基斯洛沃茨科遇上维达利。可是后来顿河和库班一带布尔什维克和反布尔什维克的武装冲突封锁了前往高加索的交通，直到我离开俄罗斯的前一年，在国内战争期间我才有机会又回到基斯洛沃茨克。我又看见了别墅凉台上的维达利的身影，蜷曲在一把扶手躺椅上。这段时间他衰老了不少，头发变得灰白，脸色比之前看起来更加阴郁低沉。

"我在公园碰见了亚力珊德拉·巴普洛夫娜（这是他的妻子）"，我和他打招呼说，"她打扮得真漂亮。"维达利皱起眉头望向我。

"你还记得普希金的那首题诗吗？"

"记得。"

他向我朗诵：

> 你是世上独一无二。
>
> 整个世界都在重复诉说，我附和着他的话语：
>
> 他人每随年岁，渐长，
>
> 而你每随年岁，愈加年轻。

"你看起来有些不满，维达利。"

"那有什么办法呢？小伙计，我是一个上了年纪的悲观主义者。听说，你打算参军？"

"是的。"

"这太蠢了。"

"为什么？"

我猜想，他接下来会说"这些白痴"。但他并没有这么说。

他只是低下头，说了一句：

"因为志愿军会被打败。"

但我并不在意谁会获得胜利，谁会被打败，我只想了解战争。这背后依旧是那种对未知和新鲜事物的探求。我之所以参加白军仅仅是因为我恰好待在他们的地盘上，我理所当然地会参加白军。倘若此时是红军占领了基斯洛沃茨克，我兴许就会成为红军了。但让我惊讶的是，维达利，这个久经沙场的军官，居然并不赞同我的决定。那时我还没有充分地意识到，维达利在这件事情上有多么睿智，他并没有赋予自己的军官头衔那种通常的光荣意义。不过我还是追问他这么认为的原因。他冷漠地看着我说，那些指挥反政府武装的人并不了解社会关系的规律。"在那儿，"他突然活跃起来，"在整个饥饿的俄罗斯北方，小伙计，到处都是农民。你知道吗，俄罗斯是一个农民的国家，还是说你们的历史课并不教这个？""我知道。"我回答他说。于是维达利接着往下讲："如今俄罗斯进入了以农民为中心的历史阶段。农民掌握着力量，而农民加入了红军。"而至于白军，维达利轻蔑地评价说，他们甚至连吸引人的战争浪漫气质都没有。"为它服役的都是些瘾君子、疯子、像妓女一样矫揉造作的骑兵军官、不走运的投机分子，还有挂着将军徽章的司务长。"维达利狠狠地说道。

"你从来不对任何人嘴下留情。"我说道，"亚力珊德拉·巴普洛夫娜说，这是你的宗教信条。"①

"亚力珊德拉·巴普洛夫娜，亚力珊德拉·巴普洛夫娜，"维达利突然愤怒地回应我说，"宗教信条，这是什么蠢话！二十五年来，这样毫无意义的埋怨几乎每天从四面八方向我涌来：你谁都骂。但是这难道不是我思考的结果吗？我向你解释这场战争的必然结局，而你却指责我喜欢骂人。你到底是个男人还是热尼亚舅妈？我责备亚力珊德拉·巴普洛夫娜，是因为她总是读拉帕·娜郭茨卡娅的书，她也指责我说，我对任何人都不会嘴下留情。不，不是任何人。上帝啊，我比我的妻子更了解，也更热爱文学。如果我出言不逊，这是因为我有充分的理由。你要知道，"维达利抬起头说，"任何一个领域的活动，无论是改革、军队重组，还是实践新的教育方案，或者是绘画、文学中的新方法，它们十有八九都是没有意义。这是一贯的道理。你的热尼亚舅妈是不懂这个道理的，但这不是我的错。"他沉默了一分钟，接着断断续续地问我：

"你多少岁了？"

"两个月后满十六岁。"

"然后就中了邪似的要去参军？"

---

① 原文为法语：profession de foi

"是的。"

"说实在的，你为什么一定要去参军？"维达利突然惊奇地问我。我不知道该怎么回答他，支支吾吾了一阵子，最后迟疑不决地说：

"我想，这终究是我的职责。"

"我以为你会更聪明些，"维达利失望地说，"如果你的父亲还在世，他一定会为你的话伤心的。"

"为什么？"

"你听好了，我亲爱的孩子，"维达利意外温柔地和我说，"好好理解我说的话。现在是两边对垒：红军和白军。白军试图将俄罗斯拉回她刚刚摆脱的那个历史阶段。而红军则将她引领向自阿列克谢·米哈尔洛维奇沙皇时代以后就没有过的混乱。""那是混乱之治的末期。"我低声说道。"对，混乱之治的末期。中学的知识在这儿派上用场了。"接着维达利继续向我阐述他的时事观点。他说，社会阶层（这个词让我感到意外，因为在我的印象中，维达利还仅仅是一名龙骑兵军官而已）好比某种现象。它遵循着一种无形的生物学规律，它的状态并非一成不变，而是依赖于各种各样的社会条件。"他们会诞生、成长和死亡，"维达利说道，"甚至不是死亡，而是枯萎衰亡，就像珊瑚一样。你还记得珊瑚岛是怎么形成的吗？"

"记得。"我回答说。"我知道他们是怎么诞生的；除此之外，我还记得它们的红色褶皱，周围浮着一圈圈的白色泡沫，那很漂亮；我在父亲的一本书上看见过。"

"历史的进程就像是这珊瑚形成的过程。"维达利接着解释说，"有的会衰亡，有的会诞生。所以，粗略来讲，现在的白军就好比是正在衰亡的珊瑚，在他们的尸体之上会成长新的制度。红军就是那些正在成长的部分。"

"好吧，就算是这样，"我回答说，维达利的眼里又露出熟悉的嘲讽神情，"但你不觉得，真理站在白军一方吗？"

"真理？什么样的？是指他们是天经地义地攫取权力吗？"

"就算是吧。"我嘴上这么说，心里却是别的想法。

"对，当然。但红军也是天经地义，绿军也是，而如果还有什么橙军、紫军，那么他们也都处在同等正确的地位。"

"但是，除此之外，前线已经推进到了奥廖尔，而高尔察克的部队也打到了伏尔加。"

"这说明不了什么。如果你能存活到这场血腥屠杀之后，你就会在有关的书籍中发现：在同情白军的学者笔下，白军的失败英勇无畏，可歌可泣，而红军的胜利则纯属偶然，近乎无耻。但红军一边的作者笔下，则会是一场劳动群众战士对资产阶级雇佣兵的伟大胜利。"

我回答他说，无论如何我都会参加白军，因为他们会被击败。

"这是中学生式的多愁善感。"维达利耐心地说，"唉，好吧，我告诉你的这些只是我个人的所思所想，不是决定战事的双方力量的分析，这只是我个人的意见。别忘了，我在相当程度上是一个军官和保守主义者，而且还是个在荣誉和权力方面相当封建的人。"

"那你是怎么想的呢？"

他叹了一口气。

"真理在红军一方。"

傍晚时分，他邀我一同去公园里散步。我们走在晚霞洒落的红色林荫道上，经过闪闪发亮的小溪，沿着人造假山一直前行，在高大浓密的古树荫下漫步。天色渐暗，溪水潺潺流动，抽噎不止；时至今日，这样寂然的响声在我心中早已与那段回忆融为一体，我想起沙地上的缓步慢行，遥远处餐厅的荧荧灯火，还有一垂下头就能瞄见的，我洁白的夏裤和维达利的高帮皮靴。维达利比平日里更健谈，话语中也没有了一贯的讽刺讥笑。他的语气严肃认真，朴实简单。

"这么说，你快要走了，尼古拉。"当我们走入公园深处时，他开口问我，"你听见溪水是怎么喧腾的吗？"他突然打断自己的

111

提问。我仔细倾听着溪水声：在一开始传来的匀质的流水声中分辨出了几股迥异的淙淙响声，它们同时发声，却没有相互掩盖。

"真是令人费解。"维达利说道，"为什么这股喧腾声总是令我心神不安。这么多年以来，每当我听见它时，都会觉得这是第一次听见这响声。但我想说的是另外一件事。"

"我听着呢。"

"我和你，大概，再也没有机会相见了，"他说，"要么你会被打死，要么你会流落到天涯海角，或者最后，我自然而然地老死，等不到你的回归。这一切都有同等的可能性。"

"为什么这么悲观？"我问他。我从来没法设想很久以后的事情，我只能勉强接受眼下发生的一切，所以一切关于在未来某时可能发生的假设，在我看来，都是白费力气。维达利告诉我说，在年轻的时候他也是这样的；可是在五年监禁的时间里他终日只能以幻想未来为乐，这令他的想象力发展到了一个不可思议的程度。维达利在讨论一个在他看来即将发生的事情时，他立马就能看清事件的方方面面。他敏锐发达的想象力似乎可以预感到难以把握的心理躯壳，以及有关的外部条件。除此之外，他在识人断事，分辨他人行为动机方面的知识异常丰富，远胜于他这个年纪普通人的生活经验；这赋予了他近乎神迹的预知能力。同样的情况我仅仅在少数人身上见识过，而且不知道为什么他们恰巧都与我熟识。不过，维达利几乎没有运用过这种能力，因为他对别人的命运轻视到毫无兴趣，甚至对身边的亲人也是如此。而在我看来，他的仁慈宽厚也正是基于这种对待他人命运时近乎不变的一视同仁的冷漠。

"我很爱你的父亲，"维达利并没有回答我的问题，反而说道，"尽管他总是嘲笑我的军官和骑兵身份。不过，他也许是正确的。我也很爱你。"他接着说，"所以在你离开前，我想告诉你一件事，请你牢牢记住它。"

我不知道维达利会和我说些什么。根据我对他的认识，我从没想过他会对我感兴趣，或者给我一些有的没的建议：他更倾向于责备我，因为我总是不理解某些东西，或者钟情于谈论一些抽象的东西，按照维达利的话来说，我其实是在不懂装懂；有一次当我告诉他自己正在读施蒂纳和克鲁泡特金时，他差点笑出泪来，还有一次当他知道我对维克多·雨果作品的钟情后，他伤心欲绝地摇摇头；他十分轻蔑地评价雨果。根据他的说法，雨果是个兼具消防员模样、多愁善感的傻瓜内心和俄国电报式豪言壮语的人。

"你听我说，"维达利打断我的思绪说，"在不久的将来你一定会目睹许多丑陋和卑鄙。你会看见人被杀死，被吊死，被枪毙。这一切都屡见不鲜，不甚重要，甚至毫无新意。但这是我给你的忠告：永远不要做一个笃定的人，不要得出任何结论，不要下论断，尽量让自己保持简单。要记住，这个世界上最大的幸福——认为自己对周围的生活有所理解。但是你却没有意识到，你仅仅是表面上理解了生活；过了一段时间以后，回首之时你又会发现当时的自己错得多么离谱。而再过个一两年，你就会确信，前一次的反思也只不过是错上加错。你会不断地发觉自己的错误，没有止境。不过这也是生活中最重要、最有趣的部分。"

"好吧，"我回答说，"但是这些接连不断的错误有什么意义呢？"

"意义？"维达利感到惊讶，"的确没有意义，不过也不需要意义。"

"这不可能。目的律是存在的。"

"不，我亲爱的，意义仅仅是假象，目的性也是假象。你看：如果你分析某些物理现象，你就会发现，的确存在着使它们运动的力量；但是意义的概念即不存在于力量，也不存在于运动中。比方说，某个历史事件——我们认为，它是长期政治谋划和准备的结果，是带有目的性的。但是你会发现，这一切都是偶然的。如果从唯因果论角度来论证，事件不具有任何意义，因为同样的原因似乎可以引发完全不同的、不可预见的事件，历史的图景会彻底改变。"

他注视着我。我们走在两排树木之间，四周一片漆黑，以至于我已经看不清他的脸庞。

"'意义'这个词，"维达利继续说，"仅仅在一种情况下不是假象。那就是当我们明确地知道，如此的行为必然会引发如此的结果，没有意外。但即使在简单初始的、机械性质的科学中，在具有明确任务和充分条件的情况下，我们都未必能够百分之百地实现这一点；你又如何能期望，在并不了解相应学科本质和规律的前提下，它会在社会关系与个体心理学领域里变得可靠呢？意义是不存在的，我亲爱的科里亚。"

"那生命的意义呢？"

维达利突然停下了脚步，就好像被什么人硬生生地拽住了一样。四周一片漆黑，从叶丛的缝隙间稍稍露出天空的一角。公园和城市里几处喧哗热闹的地方被远远地抛在了山下；披满针叶林的罗曼诺夫山在我的左边散发着莹莹蓝光。尽管在夜里它本应是黑压压的一片，但因为我习惯了它阳光下浅蓝色的模样，所以到了晚上，我眼中看见的只有山脉的轮廓，是想象力无视光学原理和距离为我填充了蓝色。空气沁人心脾，一尘不染。一阵悠悠荡荡的钟声一如既往地从远处传来，在寂静中听得格外清晰，尔后逐渐消散在天穹。

"生命的意义？"维达利面露忧伤，带着哭腔反问道，我几乎难以置信；我一向以为这个勇敢冷漠的人不知道泪水为何物。

"我的一个同志曾经也问过我生命的意义，"维达利说，"就在他举枪自尽之前。他是我十分要好的同志，非常优秀。"他反复地强调着"同志"这个字眼，似乎在其中寻找着某种透明的慰藉，因为在多年以后，这个字眼听起来还一如当初。它回响在空旷公园里凝固的空气中。"那时候他在读大学，而我是士官生。他不停地问：这种可怕的、毫无意义的存在是为了什么？人们所谓的善终就是在衰老中逐渐死亡，对一切感到厌恶。这是为什么？为什么要活到这样的境地？要知道，我们无法逃避死亡，维达利，你明白吗？没有出路。""没有！"维达利尖叫道。"为什么，"他接着说，"要成为工程师，或者律师、作家、军官？为什么要经历这样的屈辱、羞耻、卑鄙和胆怯？那时候我向他解释说，存在着可以远离这些问题的生活方式：尽情享受生活，品尝牛排，亲吻情人，去为女人的背叛而忧伤，去感受幸福。让上帝去思考你的这些为什么吧。但我并没有说服他，他举枪自杀了。现在你问我生命的意义。我没什么好回答你的，我不知道。"

那天晚上，我们直到深夜才回到家；我们坐在凉台上，已经昏昏欲睡的女仆端上茶水。维达利举起茶杯仔细端详，注视着灯光映照下的茶水，一言不发地笑了很久，最后不无轻蔑地自言自语"生命的意义！"，接着脸色一黑，皱起眉头，起身就去睡觉了，甚至连晚安都没和我说一句。

一段时间以后，我打算离开基斯洛沃茨克，远赴乌克兰参军。维达利冷淡平静地送别我，他的眼神里又是一贯的、随时会变作嘲笑的冷漠。可我却因分别而感到难过，因为我是真心喜欢他——身边的人畏惧他，也并不怎么关心他。他的妻子形容他是铁石心肠，姑姑说他是一个冷酷的人，而他的儿媳妇则说他玩世不恭。他们谁也不了解真正的维达利。只有到后来，当回想维达利悲惨的结局和失败的一生时，我才感慨，一个如此聪慧机敏、天资丰厚的人就这样没有任何意义地结束了一生，身边的亲人甚至没有一个为他感到惋惜的。当与维达利告别时，我就预感到，这也许是最后一面。有别于对待出现在火车站的普通熟人，我想抱抱维达利，与他好好告别，就像与亲近的人告别一样。但是维达利表现得十分庄严正式：当他用指头弹走我袖口上的绒絮时，我就知道，当初设想的场景是多么荒诞和*滑稽*①。我们握了握手就分别了。深秋时节里，冰冷的空气中可以感到离别带来的悲伤和悔恨。我从未习惯这种感觉；任何的离别对我而言都是崭新的旅途起点。新的"存在"意味着必须重新感知生活，意味着必须在身边陌生人群和新事物中寻找多多少少亲近熟悉的环境，在那

---

① 原文为法语：ridicule

儿获得曾经的平静，在广袤空间释放内心的动荡和不安（它们完全占据了我的精神世界）；在这之后，我还会惋惜曾经生活过的城市，惋惜遇见的人们，因为这一切在我的生命中都不会有第二次；它们具有真实简单的固定性，具有一经创造就不会改变的确定形象，这不同于存在于我想象中的、引领着我前行和生活的那些国度、城邦与人群。我可以毁灭与创造后者，但无力改变前者，只能让记忆和苍白无力的知识萦绕其上。然而我的知识又太过贫乏，不足以让我像维达利舅舅一样预测未来。我还能屡次回忆起他站在月台上的样子，可是基斯洛沃茨克已经消失在记忆里，从基斯洛沃茨克站台传来的声响早已淹没在列车钢铁般的咆哮中。列车的终点是那座我冬天里学习和生活过的城市，当我抵达时，天上正飘着雪，雪花在路灯的照耀下晶莹闪烁；街道上响起马车夫的叫喊声和电车的轰隆声，亮灯的房间窗户从宽肩膀的马车夫的棉背心两侧闪出，一扇扇地从我眼前掠过。车夫抬高手臂，拉紧缰绳；他混乱仓促的动作令人想起牵线木偶手脚的抖动。上前线前，我在这里住了一周；我出入剧院，混迹于酒馆和有罗马尼亚乐队演奏的热闹餐厅。在临行的前一晚，我碰见了中学时的同学舒拉；他看见我一身戎装，大吃一惊。"你不是打算去投靠志愿军吧？"他问我。当我予以肯定的回答时，他更加惊讶地看着我。

"你在干什么，你疯了吗？你就待着这里吧，志愿军已经在撤退了，两周后我们的人就会进城。"

"不，我已经决定出发了。"

"你真是个怪人。你将来会为此后悔的。"

"不，我无论如何都会去的。"

他用力地握了握我的手。"那么，希望你以后别失望。""谢谢，我想，不会的。""你相信志愿军会赢吗？""不，完全不觉得，所以我也不会失望。"

当天晚上，我和母亲告别。我的离开对她来说是一个沉重打击。她请求我留下来；我下定了十六年来所有的狠心，才最终抛下孤零零的母亲一人前去参军，不是因为信念，不是因为激情，而仅仅是为了观察和理解战争中的新鲜事物，寄希望于它们或许能彻底改变我。"命运从我身边夺走了丈夫和女儿们，"母亲对我说，"只留下了你，而现在连你也要离开了。"我没有回答。"你的父亲，"母亲接着说，"如果知道他的尼古拉加入了他一生都厌恶的那些人的军队，一定会为此伤心的。""维达利舅舅也是这么和我说的，"我回答说，"没关系，妈妈，战争很快就会结束，我会再回来的。""但如果回来的是你的尸体呢？""不，我知道，我不会被打死的。"她倚在前厅的门边，默默地望着我，缓缓地睁开双眼又闭上，她的神情就好像刚刚从晕厥中苏醒的人。我手上提着行李箱；箱子上的一个挂扣牢牢地钩住了我的大衣下摆。母亲看见我笨手笨脚地被钩子缠住，突然扑哧地笑出声来：这是如此突然——因为母亲很少露出笑容，即使是大家都哄堂大笑的时候。所以当然，钩住大衣下摆的挂扣永远都不可能逗笑她。在这份笑容里有着多少纷繁复杂的感情——怜惜，意识到一切不可挽回，关于孤独的思考，回忆起父亲和姐妹们的死，控制不住泪水的羞愧，对我的爱，还有这段我与母亲共同经历的漫长生活，从我的出生到叶卡捷琳娜·根丽霍福娜·沃罗宁娜在与我离别时突然掩面哭泣的那一天。当大门最终在我身后关上时，我想到，也许我再也不会走进这扇门，母亲再也不会像刚才那样为我画十字祈祷，在这一刻，我想回家，哪儿也不去了。但一切都为时已晚，我已经错过了回头的时刻；我已经来到了大街上，——一走上大街，从前的生活就被抛在身后，它将在没有我的情况下继续；那里已经没有了我的位置——我就仿佛凭空消失在自己的人生中。很久以后，我仍回想起那天晚上的大雪纷飞，雪花铺满了街道。经过两天的旅途后，我抵达了西涅利尼科夫，那里停靠着装甲列车"烟幕"，我被接收为炮兵部队的一员。那是1919年底，从那个冬天起，我不再是就读七年级的中学生赛西德福，不再读书，滑雪橇，做体操，不再前往基茨洛沃斯科和遇见克莱尔；一切在此之前的所作所为都仅仅是记忆中的景象。不过，在新的生活中我还是保持着以往的习惯和古怪癖好。在学校和家里的时候，我就对许多重要的事情毫不在意，反而是那些微不足道的毫末小事格外能引起我的兴趣。而现在到了内战的时候，我几乎对死伤的情况毫不在意，反而常常是一些和战争毫无瓜葛的感觉和想法牢牢地刻在了记忆里。关于那段日子，我最深刻的回忆莫过于某天在树顶放哨的经历。我孤零零地被留在森林里，装甲列车在几俄里外的地方汲水。那时已到九月，绿叶渐渐枯黄。在观察哨树林的边缘响起了敌军的枪声，炮弹从森林上空划过，发出异样的尖啸和轰鸣，远不同于飞过平原时的呼啸声。大风刮过，树梢纷纷晃动；小松鼠的眼睛滴溜溜直打转，它正在像其他的啮齿动物一样快速地移动下颌咀嚼食物，这样子看起来十分滑稽。突然间，它发现了我，惊慌失措之际立马跳起，伸展开蓬松的黄色尾巴，仿佛悬停在空中似的滑翔向另一棵大树。远处的敌军向森林里射击，我看不见敌人，只能瞟见枪口迸发的短暂火星，它留下了微弱的红光。树叶随风窸窣作响，树下某处一直嘶鸣的螽斯突然陷入了沉默，仿佛被谁捂住了嘴巴。所有的声音清晰地传递到耳边，我从高处眺望一汪浅浅的湖水，水面上波光粼粼，涟漪荡漾。这一切都是如此清澈和美好，以至于我忘记了监视敌方炮火和骑兵的动向（这还是我方侦察兵告诉我们的），忘记了此时的俄国正处于内战，忘记了我正置身其中的这场战争。

在战争中我不得不第一次目睹了人的各种奇特状态和行为，如果不是战争，我恐怕难有这样的机会。我最先注意到的正是骇人的懦弱。但它却从未引起过我丁点儿的同情。我不能理解二十五岁的士兵怎么能在密集交火时因恐惧而号啕大哭。后来当我们坐上装甲列车时，铁质的车厢壁被三枚六英寸的炮弹击穿，有几个伙伴受了伤，他却趴在地板上，一边号哭，一边锐声尖叫"噢，上帝啊，哦，妈妈"，然后紧紧地攀住那些保持镇定的人们的大腿。我也不明白，为什么他的恐惧传染给了指挥列车的长官，尽管他其实是一个非常勇敢的人。他对机车工大喊："全速后退！"然后没有任何新的危险出现，敌军的炮弹也还是一如既往地落在装甲列车的两旁。我不能说自己在战斗中从未感到过恐惧，但这是一种可以被理智轻松降服的感情；既然它没有任何的快感和诱惑，那么战胜它并不困难。我想，除此之外还有另一个原因：在那段时间里（就像之前和之后一样），我还是对周遭事物反应迟钝，只有在极少数的情况下，当所见事物与内心状态恰巧相符时，反应的能力才在我身上体现——这通常是些普遍的静物，而且必然与我不相干；它们几乎激不起我的任何兴趣。这可能是一只大鸟的缓缓滑行，或是远处的莫名口哨声，或是出人意料的路口折弯处，当你转过身时，一片灌木丛和湖泊就在你眼前展开，或是被驯服的棕熊充满人性的眸子，或是在夏夜浓密的黑暗中把你惊醒的某种动物的尖叫声。但是在所有涉及命运、威胁到生命的关键时刻，我特殊的精神聋哑症就变得格外严重，这造成了精神反应的迟缓。这种迟缓令我与热血沸腾的生活无缘，它在所有战斗场景中都极为典型，引起内心的躁动不安。它牢牢地抓住了许多人，无论是胆小的，还是勇敢的。但最为敏感的还是那些普通人，那些农民和村里的工人；他们的勇敢和恐惧都十分强烈，近乎达到绝望的程度，只不过前者是一种平静的绝望，而后者则陷入疯狂。这就好像二者原本是同一种感情，只不过是不同的方向延伸罢了。那些胆怯的人之所以害怕死亡，是因为他们盲目的求生欲超乎寻常地强烈；但那些不知畏惧的人们也拥有同样奇特的生命力，因为只有精神强大的人才能勇敢无畏。但这神奇的强大力量却表现为不同的形式，它们间的差异如此之大，就好比寄生和被寄生者生活间的区别。因此，一方面，我从前所知道的、见过的所有导师与熟人无不教导我要勇敢，要鄙视胆怯，我对此从未怀疑过。另一方面，因为智力有限，我不能深入理解怯懦者的内心状态，感情不够充沛，我也无法共情，所以我对他们总是抱有一种厌恶感，特别是对胆小的军官。我见过一名军官，他本该在激烈交火时指挥机枪射击，可却吓得钻进了列车平台的皮袄堆里，手指紧塞住耳朵，直到战斗结束才爬出来。还有一次，我见过另一个机枪队的军官吓得趴倒在地上，用手掌掩住脸；尽管冬天的铁皮地板冰冷刺骨，手指冻得几乎要粘连在地上，他却趴了将近两个小时，甚至没有因此感冒。这大概是因为恐惧的强烈刺激令他获得了某种暂时的免疫力。第三次是在"后勤"列车上，——在这趟列车上一般驻扎着从前线撤下来的士兵和军官，他们是回来倒班休整的，因为部队分两班作战，一班上前线，另一班就在后方休养，他们每隔两周交班一次；列车里还有非战斗人员，包括炊事班，勤务部队的军官们，军官们的妻子、文书、军需官，还有二十来个登记在军官车厢里的女洗衣工、洗碗工和清洁工；这些是从各个车站恰巧收容的妇女，她们贪图后勤列车的舒适、温暖的车厢、电灯、整洁干净、充足的食物和薪水。她们为此付出的是并不艰辛的工作和纯粹的女性的关怀。——当时的"后勤"列车像往常一样停歇在离前线四十公里处，敌机突然出现并开始投掷炸弹，波列肖夫中尉是列车的司务长，他看了看天空，惊慌失措地画起十字，大喊一声后匍匐钻进车厢底部，毫不顾忌周围人的目光。这时搬运工米胡金突然从一个车厢中蹿出，他是个从未上过战场、机灵狡猾的农民和小偷；他从列车踏板上跳下，不顾左右地在田野中狂奔，一直跑到水塔处躲藏起来为止。然而就像人们料想的那样，没有一颗炸弹击中了列车，而唯一造成伤害的炸弹却正是落在了米胡金躲藏的水塔处。他虽没有被炸伤，但却被砖块砸得不轻：他像猪猡一样哼哼唧唧地惨叫，大脸盘子上满是瘀青的伤痕，衣服上也落满了白垩石灰；他回来的这副模样沦为了大家的笑柄。不过他自己并不觉得这有什么羞耻的，因为恐惧在他心中是无法被战胜的。另一名士兵，吉扬诺夫，是个宽肩膀的庄稼人，能轻松地举起两普特重的哑铃在胸前画十字。但他却胆小得要命，以至于在第一次奔赴前线时，刚一听见远处的炮火声，他就从1.5俄尺高的平台上跳下火车，一心想要跑回"后勤"，可惜在跳落的过程中崴了脚；不过他对此感到十分高兴，因为他真的被送往了后方。他曾经在交火的时候（他终究还是被送往了前线）陷入昏迷，脸色苍白地躺在地上，一动不动；但他可能没有料到我会无意间瞥向他那边：我看见了他是如何快速地睁开双眼，观察周围的情况，然后又立马合上眼。不过，除了这种人以外，我也知道其他的人。利赫杰勒团长是装甲车"烟幕"的战斗指挥员。我记得，他当时正躺在车厢顶，卧在两排固定覆盖装甲的螺帽之间，敌军的炮弹呼啸着击穿了铁皮，炸断了他左边的接合处；可他却面不改色，甚至连身子都懒得转动一下，我没看出他有任何刻意保持镇定的努力，尽管这完全是人之常情。奥西普中尉是炮兵团的校官，有一天他为了观察地势，下车走进了田野，无意间走到了两条步兵线之间——一边是红军步兵，另一边则是白军。双方都不清楚他的身份，——红军将他当作白军，而白军则把他当作红军士兵，两边都开始向他射击，我们从列车平台上看见成排的子弹一直在他脚边弹跳，但他还是继续向前，似乎没有注意到子弹；直到一颗子弹轻轻地擦伤了手，他才折了回来。士兵菲力宾科在战斗时一边哼着舒缓的乌克兰小曲，一边试图和战友搭话闲聊，可是令他既惊讶又难过的是，他总是讨得一顿好骂：他既不理解支配着人们的神经紧张，也不清楚他们的恐惧。"菲力宾科，你不害怕吗？"指挥官问他。"有什么好怕的呢？"菲力宾科惊讶地说。"深夜里的墓地是挺可怕的，这让人有些发怵，可白天没什么好怕的。"士兵丹尼尔·日文是我见过最勇敢的人之一，大家都叫他丹柯。他生性善良，个头瘦小，喜欢大笑，是个不错的战友。他的谦虚和无私到了令人难以置信的地步。他的传奇经历颇多，内战期间服役于不同的部队——参加过红军、白军，当过马赫诺的手下，待过盖特曼斯科罗帕茨基[①]部队，也加入过彼得留拉一方，甚至还参加过萨布灵的社会革命党卫队，尽管后者只存在了短短几天。他在铁甲列车上服役时沦为了马赫诺的俘虏，连同他一起的还有那次奔赴前线的整支部队。在马赫诺那儿他被安排进了一支步兵团的特殊连，负责看守顿涅普河上的大桥。

---

① 帕维尔·彼得洛维奇·斯科罗帕茨基（1873—1945）：乌克兰贵族，政治家，有"盖特曼"头衔。1918年4月29日，在德意志帝国和奥匈帝国的支持下，发动政变推翻乌克兰人民共和国，建立乌克兰帝国。12月14日，该政权被推翻。

大桥长约一俄里，马赫诺的部队驻扎在一头，占领了大桥的四分之三，白军则占住了另一头，两边各架起了机枪对峙。丹柯稀里糊涂地当了马赫诺一方的哨兵，他计划回到铁甲列车上。他把副哨支去地窖，自己扛着机枪，沿桥走向志愿军，大桥的另一端立马猛烈开火。可是丹戈不顾一切地继续向前走，就好像他不是走在每秒数十颗子弹穿梭的狭窄空间里，而是在图拉到奥廖尔的平静的俄国乡间大路上。丹戈的副哨被突如其来的枪声惊动，他奔出窖洞看见了远去的丹柯，立马端起第二挺机枪向他射击。丹柯最后毫发无伤地通过大桥。白军士兵逮捕了他，几个愚蠢的步兵将官——两名上尉——认定他是间谍并且想要就地枪决。丹柯破口大骂，连上帝和使徒们都不放过；这本起不了什么作用，可他的叫骂声吸引来了驻扎在不远处的铁甲列车上的士兵，他们走过来看看究竟发生了什么。于是奥西普中尉看见衣衫褴褛的丹柯正朝步兵军官咆哮，一会儿要抢他们的手枪，一会儿要夺步枪。在装甲列车长官的交涉下，丹柯才终于被释放。步兵军官说，从未见过这么没有纪律性的士兵。"我……就是你们的纪律！"丹柯大喊着回应说。"丹柯，你怎么就不感到害怕？"我们事后问他，此时他已经换过衣服，饱餐一顿，坐在加温车厢的火炉旁，抽着斯达姆波烟草的香烟。"怎么不害怕？"丹柯回答说。"噢，我可是害怕极了。"又有一次，丹柯在执行侦察任务时沦为了俘虏，因为他撞进了红军驻扎的村子。刚走进一间木屋，他就开始和屋子的主人闲扯，想打听清楚村子里是否有布尔什维克驻扎，可几秒钟以后几名红军士兵就突然出现了，丹柯甚至来不及抓起步枪就被缴械关进了草棚。草棚外安插着哨兵，丹柯被判以严厉的惩罚。但是三天以后，丹柯还是找到了已经驶出六俄里的后勤列车，像没事人一样地出现了。他向长官汇报时，我也在场。"你去哪儿了，丹柯？""我被俘虏了。""你是怎么被俘虏的？""红军抓了我。""然后他们没对你做些什么吗？""做了，他们想枪毙我。""那你呢？""我逃跑了。""你怎么做到的？""打死了卫兵然后逃跑了。""然后他们没抓住你？""没有，"丹柯回答说，"我跑得很快。"接着放声大笑。但是"丹柯会打死卫兵"这件事在我听起来很突兀，并不像他的行事风格。这对他而言似乎是迫不得已的；而且，当然，自保的本能也屏蔽了他的理性思考：是否该杀死这个卫兵？而且如果不是这本能，丹柯可能早已不在世上。其他的士兵评价他很有活力，总是玩世不恭的样子。有一天他追着一只不知从哪儿买来的白色猪仔，这逗笑了整个列车上的人。他在后面追了很久，一边吆喝，一边想用帽子套住猪仔；他口中打起呼哨，挥舞着双手在后紧追，我们看着他和小猪狂奔，直至脱离视野。待到晚上，他用绳子牵回来一头大猪，这是他用小猪仔耍手段交易来的。大家都开起玩笑说，丹柯追猪追了这么久，小猪都长成大猪了。丹柯也笑了，手里揉捏着帽子，低下了头。他是一个快活的人，十分善良，也十分勇敢。"丹柯，你去过北极吗？"我问他，"那儿有趣吗？""有趣极了，那里有很多北极熊。哎，可是，我害怕北极熊。"他回答说。"你为什么会害怕它们？它们又不会关你禁闭，给你判刑。""但它们咬人。"丹柯笑着回答我说。他一直不习惯和我以"你"相称。"丹柯，"我和他解释说，"你和我一样都是普通士兵。为什么你喜欢称呼我'您'呢？你和我交谈，完全可以像和伊万那样啊。"伊万是他的朋友。"不行，"丹柯回答说，"我会不好意思的。"这里提到的伊万是一个聪明的乌克兰佬，他是一名镇定勇敢的士兵。有一次他问我：

"银河是什么？"

"您为什么突然对这个感兴趣？"

"有士兵问我：伊万，天上那像牛奶一样的东西是什么？我说：那叫作银河。但我并不了解什么是银河。"我尽力给他解释。到了第二天，他又来问我：

"请您说说看，圆的周长等于什么？"

"这需要用到特殊的数学术语。"我回答说。"我不确定您能否明白。"然后我给他解释了圆周的公式。

"啊哈，"他满意地点头说，"我是故意考验您的，我想，您可能并不知道。我提前问过了后备士官生西维尔斯基了，然后记了下来，现在过来考验您。"

他是个讲故事的能手，在所谓的知识分子圈子里，我从未见过可以与他比肩的人。他非常聪明，善于观察，而且具有创造笑料的天赋，能从事物中发觉他人忽略的笑点，这一点对幽默至关重要，否则就会显得有些干瘪。伊凡在讲故事时展现出了惊人的模仿天赋，可我记不住他的这些故事，因为他的艺术是轻盈而转瞬即逝的，很难被刻画成某种印象；我唯一记得的是他模仿自己与红军将军的一段对话。那时候他指挥着一个营，营地被分配了一批劣马。"我告诉他，"伊万说道，"指挥员同志，这难道能称之为马吗？我们的马匹一边溜达着，一边感到诧异，它们之间的差异居然如此之大？但他却回答我说：感谢上级，还好不是所有的指挥员都像婆娘一样这么无理取闹。而我则说：而您，指挥员同志，可千万小心啊，不然我们就要让这些马给您陪葬了，至少您路上不会太颠簸。"

我很长一段时间里都与士兵们待在一块儿，但他们对我还是一副显然小心翼翼的态度，因为在他们看来，我不理解许多非常简单的事物——同时他们也觉得，相应地，我掌握着许多他们完全不懂的知识。我听不懂他们的一些交谈言辞，当我说"跟着水走"的时候，他们嘲笑我的用语，颇为嘲讽地和我说："你要是跟水走，就回不来了。"除此之外，我也不会和农民打交道，在他们眼中我就是一个讲俄语的外国人。有一天列车的指挥员命令我去村子里买猪。"我丑话说在前，"我解释说，"我可从没买过猪，这是我人生中的第一次；要是我的采购并不十分成功，您可别抱怨。""这有什么，"他回答说，"买只猪而已，又不是牛顿的二项式，这不需要什么大智慧。"于是我去了村子。但每走进一家农舍，我遇见的都是怀疑和嘲笑。"您这里有猪卖吗？""谁？""猪。""不，猪没得。"我走遍了四十家农院，最后两手空空地回到列车上。"我不禁以为，"我向长官汇报说，"这里的人们并不知道这类哺乳动物。""而我不禁以为，您只是不会买猪。"我没有反驳；这时候，站在一旁听见我们谈话的伊万主动请缨。"您和我一起，"他对我说，"立马就办成。"我耸耸肩，又和他去了村子里。在第一间农舍，——之前告诉我说没有猪的那一间，——伊万花了几个铜板就买下了一只大骟猪。在此之前，他先和主人聊起了庄稼收成，然后发现，原来他在波尔塔瓦省的舅舅是这家主人姐夫的好朋友兼同乡，接着夸赞了农舍的干净整洁——尽管屋子脏得一塌糊涂。伊万称赞起主人治家有方，想必是养猪户，然后请求进去喝上几杯。最后我们饱餐一顿又买了猪，主人将我们一直送到大门口。"这就是您的二项式。"我回来对指挥员说。当我不得不和农民打交道时，几乎每一次都会一事无成；他们甚至很难理解我，因为我并不会说他们的俗语，尽管真心想学。好在装甲列车上大多数都是光鲜亮丽的体面人。铁路职工、电报员自不用说。我们的士兵也都喜好穿戴，穿着各种"志愿"裤，它被认为是自由思想的标志，他们中间的一些人手上还缀满了指环和硕大的宝石戒指，无疑都是赝品，对此没有任何人有丁点儿怀疑。列车上穿金戴银最多的是这里的头号混蛋，当过屠夫的克里蒙克。在所有的闲暇时间里，他的注意力始终高度集中：他的左手一直在揉捻胡须，右手则举在半空中，移近眼前，方便更好地欣赏戒指的光泽。后来发生的一件事让我们认识了他的劣根性：他偷了邻居的钱，事情败露了后指挥员对他说："——喏，克里蒙克，选吧：要么把你送上法庭，然后像狗一样枪毙你，要么我召集全列车的人员，在所有人面前抽你几巴掌。"克里蒙克听完后立马下跪，乞求指挥员在他脸上来几下。克里蒙克的原话说的是"狗脸"。第二天早上指挥员就这样惩罚了克里蒙克；事后，克里蒙克常在车厢里回忆起这件事：——我只能嘲笑指挥员的愚蠢，——接着真的开始放声大笑。列车上的二号混蛋是瓦连京·亚利山大维奇·沃罗比夫，他曾是某个小火车站的站长。和大多数上了年纪的老混蛋一样，他表面上看起来一本正经。他精心打理自己的大胡子，与人交流时格外殷勤亲切，能用男高音演唱伤感的乌克兰歌曲——但与此同时，是个彻头彻尾的、臭名昭著的混蛋。他能把战友送上法庭；能像克里蒙克一样，把邻居偷个精光；当然在困难的时刻也能背叛所有人。在我刚登上装甲列车时，他就从我这儿偷走了装有一千支香烟的烟盒。他似乎很讨女人喜欢，他和所有的女仆以及女清洁工住在一起，她们都乖乖听命于他；她们中有一人曾经反抗过，于是他写信告密，污蔑她信仰社会主义。尽管那个可怜的女人连大字都不识一个，但还是被捕了，然后因罪被发配至某处；那是一个冬天，这个女人怀里抱着两岁的女儿离开了。我瞧着沃罗比夫，心里常常会想，为什么女人们总是青睐混蛋。我告诉自己：或许，这是因为混蛋比普通人更具个性；混蛋的身上有着常人没有的某样东西；这还是因为所有的品质，或者说近乎所有的品质，在发展到极致时会蜕变为人的某种特质，从而具有了独特的吸引力。尽管从前的生活已经结束，但我并没有完全离开它，一些中学时的习惯被保留了下来，我多少还是一个中学生。鉴于此，我的思维总是带有些独特的转折，它们注定没有结果，而且偏离了一开始的设想。这样一来，初始的思考仅仅是一个令我的幻想回归它钟爱之地的借口。女人都喜欢这些刽子手；而那些百年前犯下的、记载于历史中的罪行，时至今日也令人好奇和激动；那为什么不把沃罗比夫设想成这些宏大罪行的一个微缩摹本呢？不过这听起来太过荒诞和不伦不类。沃罗比夫只干些小偷小摸的活儿，像是从隔壁货箱里偷糖和布匹，但有一天他耍了个小聪明。深夜里，他在车头指挥调度时，从前线的特里苏诺夫将军的列车里劫走了崭新的黄色二等车厢。但每当夜晚降临，躺在自己的车铺上，脸颊因酒醉而苍白失色，双眼变得浑浊而悲伤，他就会为自己的处境而痛心疾首：他是受命运所迫不得不参与了内战。

"我的上帝啊。"他几乎流着泪说，"这是什么情况！枪毙，绞刑，被打死，被折磨。这和我有什么关系啊？我伤害过谁吗？这一切都是为了什么？上帝啊，我想回家；我的妻子和小孩儿会问：爸爸在哪儿？爸爸却坐在那儿，坐在绞刑架下。我和孩子们能说些什么呢？"他喊叫道，"我该怎么为自己辩解？唯一的慰藉只有前往亚历山德洛夫斯克，在深夜里突然回到妻子身边。我会和她说：亲爱的，久等了吧？我现在回来了。"

而事实上，等到了亚历山德洛夫斯克，沃罗比夫的确去探望了妻子，后来心平气和地返回部队。可当我们驶出四十俄里，在一个小站停靠了三天三夜后，他又开始黯然神伤地说：

"我的上帝啊，这是什么情况！枪毙，绞刑，被打死，被折磨，这是为了什么？"他又开始号叫。"孩子们会问道：你去了哪儿，爸爸？我能对他们说什么呢？"他陷入沉默，深吸一口，然后若有所思地说："只有前往梅列多波利，我回到妻子身边，再次回到家里。我会说，怎么样，等久了吧，亲爱的？我现在回来了。"

"您的妻子在梅列多波利?"我问他。他用醉醺醺的，无神的眼睛瞧了瞧我，眼神中流露出一阵感动和感激。

"是的，亲爱的朋友，在梅列多波利。"

但是，在离开梅列多波利之后，他又开始浮想联翩，这一次已经回到扎卡的妻子身边。

"老哥，你的妻子简直就是藏在各地的宝藏。"别人挖苦他说，"那不是妻子，是无处不在的圣母。不然怎么哪儿都有她，一会儿在亚历山德洛夫斯克，一会儿在梅列多波利，一会儿还在扎卡? 到处都是孩子和房子。你安排得不错嘛。"

这时候沃罗比夫道出了其中原委。他对自己的解释似乎很满意，但其他人却大吃一惊。

"孩子，"他说道，"我可是一个铁路职员啊。"

"可这又怎样呢?"

"傻瓜，"沃罗比夫感到惊讶，"显而易见的，你们并不了解铁路职员的工作。我们在每一座城市都有一个妻子，亲爱的，在每一座城市啊。"

第三个恶棍是大学生帕拉莫诺夫，在我来到部队的不久前，他的脚才受了轻伤。说实在的，他也没做什么坏事; 只是每天在医生巡诊的两个小时前，他都会往伤口处涂抹黄油，好阻碍它的愈合；所以在很长一段时间里他一直被认定为伤员，没有上前线作战。所有人都知晓他的把戏，都对他报以无言的鄙视和不屑，可没有人有足够的勇气指责他的不是；他总是孤身一人，大家都避免与他交谈；他常常蜷缩在自己的角落里，一边偷偷地环顾四周，一边吞咽腌肉和面包——他是个好吃鬼。他生活得像一只形影孤单的野兽，所有人都反感他，但默默忍受着。他总是一言不发、充满敌意地防范所有人。每当有人从他的床铺边走过时，他就会警觉地看着来人，露出敌意。后来他被调派到了他处。一直到几年以后，我才在海外想起了帕拉莫诺夫。回忆的缘由是一只将死的雕，它被绦带系在树枝上，稍稍听到点响动就会挺直身子，抖擞羽毛，缓缓地展开翅膀，发出咕咕的啼叫声，黄色的瞳孔茫然而凶恶地直视前方。在我们的列车里有谎话精、骗子手，甚至还有一个不知道从哪儿冒出来的福音派信徒，他住在我们的车厢里，从不妨碍他人，也没有什么牵挂，一心宣扬非暴力抗恶的理念。"我从没有碰过你们的步枪，以后也不会碰，"他说，"这是罪恶。""那如果有人攻击你呢?""我会用言语反击。"——但是有一天，当他打了一锅红菜汤和米粥当午饭回来时，有人悄悄地顺走了他的食物，他为此大发雷霆，十分偶然又奇怪地抓起了一杆步枪，尽管在此之前他宣誓不会碰它。如果不是大家当时缴了他的武器，后果恐怕不堪设想。但是我在战争中见过的最神奇的人还要数士兵柯布奇克，他异于常人的地方就在于无敌的懒惰。他痛恨一切工作。他虽然十分健康和强壮，但无论干什么都少不了唉声叹气和极不情愿。士兵们因为他总是逃避值勤而不大喜欢他；他们为此不得不多干许多活。柯布奇克总是担心突然被派去搬运面粉、打水或者削土豆，因此他无时无刻不生活在惊恐中，尽管他对此有所掩饰。有时，他沿着后勤列车走着走着——突然间，满是胡茬的下巴，哭丧的眼睛，还穿着脏兮兮的、破烂不堪的弗兰奇军上衣和裤子的身影立马就消失了，一分钟之后你就是带着猎犬也找不出他。他不上前线去的原因和在后勤列车里躲躲藏藏的理由一样；前线要干的活儿不少，而在后方他还能找到旷工的机会，在战场和作战平台上，旷工是不可能的。这名士兵身上的惰性无比强大，甚至超越了对死亡的恐惧，所以他压根不明白什么是"危险"，但十分清楚工作会妨碍他游手好闲和做白日梦——这是他最爱做的事情。柯布奇克千方百计地逃避各种工作，想方设法地在炎炎夏日时躲藏在车厢下纳凉，为此花费了巨大的精力。我很难想象，他要是能把这巨大精力中的哪怕一部分利用起来，那会是怎样的情况？我不清楚，柯布奇克是否能够做出一个哪怕最微不足道，但却从某个角度来说深思熟虑的举动。这个举动至少可以证实他对生活的目的有所思考，也探究过自己在无所事事时长久漫想的对象是什么。有一天在列车平台上，当战斗进行到最激烈时，柯布奇克一脸痛苦地从弹药库拖出炮弹，将它填充进火炮。他每搬一发炮弹，就抱怨地哀叹一声。在五声哀叹之后，他吆喝说，背痛，炮弹太重了，——这时候敌军的榴弹正中我方火炮；炮手腹部中弹，躺倒在地，我方大炮停止了射击。在瞬间的混乱中，所有人都手足无措，只有柯布奇克因为暂时休息而松了一口气。他用手拍了拍热腾腾的炮管，一改之前的疲倦，迈着近乎轻快的步伐走向伤员。鲜血染红了地面，伤员的脸上浮现出临死前最后的恐惧。"你不会死的。"在一片沉默中柯布奇克安慰他说。从远处传来间隔一致的四声炮击。"你看看，你多健康啊，"他继续平静地说道，"你的血是鲜红色的，病人的血是蓝色的。""我的心脏撑不住了。"炮手说。"心脏?"柯布奇克反问道，"不对，你的心脏还很强壮，如果它弱小无力的话，那当然是撑不住的。我给你讲一个关于弱小心脏的故事。有一次，我在买马的途中发现一只水怪坐在不远处，它看起来忧伤极了。"炮手竭力注视着柯布奇克，"然后我就想吓唬吓唬它，于是我大声喊叫：'你，大胡子，在这干什么呢?'它当场就被吓死了，因为它的心脏太弱小了，那不是人类的心脏，这才是弱小的心脏。可你的心脏就很强壮。"但炮手在撤回后勤车厢的途中就咽气了；三天以后，我沿着路基散步，当瞥见躺在车厢底下披头散发的柯布奇克，心里泛起一阵异样和不安——我立马远离了他：这名士兵身上潜藏着某种非人的、不祥的东西，我并不想知道它是什么。不过我的注意力很快被一阵争吵声吸引了过去，原来是军委会的主厨娘（她被安排在特殊的普尔曼式车厢里）与装甲列车上的刷鞋匠，十五岁的英俊小伙瓦列起了争执。瓦列是这个坡脚老女人的情人，不过他总是瞒着她与洗衣工或刷碗工私通；她当着所有人的面劈头盖脸地对他一顿臭骂，远处的三个士兵笑得乐开了花。军官和最精明强干的士兵在与女仆的罗曼史上花了大把时间；女仆们很快就明白了自己的价值，并且摆起了架子。高大的雅罗斯拉夫女人卡秋莎就是他们中间的一员，她坚持付账在先的原则，在没有拿到钱之前不愿意结识任何人，也不做任何妥协。装甲列车上的杰尔盖奇中尉是讲荤段子的好手，他向周围所有人都抱怨过卡秋莎。

"不，中尉先生，"卡秋莎骄傲地说，"现在我可不能和您白睡。把您手上的戒指给我，我就和您睡觉。"杰尔盖奇犹豫了很久。"您要明白，"他说，"这只戒指是我送给未婚妻的神圣礼物。"但是爱情，正如他自己所说，战胜了一切，杰尔盖奇中尉的戒指没有了，只能另买一只了。装甲列车上最难得手的女人是护士小姐，她是个高傲的女人，嫌弃和鄙视士兵们，只有在极少数时刻会出于同情而漫不经心与他们闲谈两句。我还记得，有一天我躺在自己的床铺上，她正在给帕拉莫诺夫上绷带，她事先把帕拉莫诺夫领进我所在的车厢，因为这儿的电灯更亮；她抬起头，看见了我的脸。"真是个俊小伙儿。"她说，"你是哪个省的？""从彼得堡州来，护士小姐。""彼得堡州？那你怎么落到南方来了？""就这么来的。""你之前是干什么的？难不成是小货郎吗？""不是的，护士姐姐，我之前在学校读书。""那是在教会学校里咯？""不，护士姐姐，不是在那儿。""那是在哪里？""在普通中学里。"我回答说，忍不住笑了起来。她有些脸红。"您读几年级呢？""七年级，尊敬的护士姐姐。"从此以后，她只要是看见我，远远地就绕道而行了。

肉丸、肉汤和通心粉的味道总是令我回想起武备官学校里的生活与那段无可比拟的、被留在高大建筑物中的冷冰冰的忧伤。与此类似，每当闻见烧红的火炭焦味，我就会想起刚在装甲列车上服役的那段日子，想起1918年的冬天，想起白雪皑皑的西涅尼科夫，想起悬挂在电线杆上的马赫诺分子的尸体，——它们被冻得梆硬，在寒风中摇荡，撞击着电线杆木头，发出沉闷却细微的响声——想起列车身后化作小黑点的村镇，听起来像是灾难讯号的机车头汽哨声，还有覆盖在铁轨上的一层白雪，这些铁轨呆滞死沉得令人不解。我常错以为它们在飞驰，在接轨处震动，好比无言地诉说着通向远方的旅行，穿过风雪和俄国黑点似的村庄，穿过寒冬与战争，一直抵达神奇的国度。那里酷似一个巨大的水族箱，充满了像空气一样可以呼吸的水流，还有荡起碧波的音乐；在水面下植物的长茎秆随波摇荡，前所未见的各种生物乘着亚马孙王莲的叶子隔着玻璃徐徐飘过，我无法形容它们的样貌，可是每当看见铁轨和半掩在雪堆下的路基（它们就像是被谁掘翻在地的无限绵延的篱笆），我总是时刻感受到它们的存在。

我登上了铁甲列车的另一个理由：持续的离别感。后勤列车从一处开往另一处，那些一直静静陪伴着我的什物：我的书本、西装、几幅版画、头顶上的电灯泡，——都突然开始随着列车移动。我比以往任何时刻都更清晰地认识到移动的意义和它无可抗拒的本质。无论我是否愿意离开，电灯已然开始随着行驶摇晃，书架上的书本开始颤动，挂在木质隔板上的卡宾枪在来回摇荡，玻璃窗外白雪皑皑的大地旋转起来，灯光透过车窗飞速地掠过田野，一会儿抬升，一会儿下降，在身后留下一条绵延不止的长方形空间，留下从一些国度到另一些国度的通路。列车驶离站台，渐渐加快了车速，悬挂着的尸体痉挛的腿脚飞速地从车窗外掠过，尸体上的白色衬裤被寒风吹得鼓胀起来，就像被风暴撑紧的船帆。这些各种各样的、不复存在的原因复杂地交织在一起，现在早已成为过去，——因为没有人会记住它，——，可正是这些原因让我来到了铁甲列车上，让我连夜奔赴南方；而这趟旅程仍在我心中继续，似乎，到了临终的那一刻，我还会感到自己是躺在车厢的上铺，眼前是明亮的窗户，它分隔着空间和时间，车窗外掠过悬吊的尸体，白色的风帆引领他们前往虚空，雪花漫天飞舞，远逝的列车的阴影冲破风雪，抖动着，也穿过我生命中的漫长岁月。也许，我对离别的人，离别的国度的惋惜之所以十分短暂，这种短时间的情绪之所以虚无缥缈，是因为我所见所爱的事物：士兵、长官、女人、雪和战争，这一切已经永远不会与我分别，除非最后的、通向死亡的旅行时刻到来，我缓缓地沉入黑暗深处。而在这一过程中，下落的时间将比我尘世的存在长久百万倍，它是那么长久，以至于在触底之前我就已遗忘了所有，遗忘了所见所闻、所感受的和所爱的；而当我忘记了一切所爱时，那就是我去世的日子。而阿尔卡基·萨维尼将会是我最后忘记的一个同伴。这是我唯一遇见的，仿佛从我的幻想世界中走出来的人物。一种神奇力量在二十世纪将他变作了西班牙式征服者、浪漫主义者和歌手。他仿佛是从黑暗的中世界时空里召唤而来的宽肩膀的幽灵，他像我们一样服役，像我们奔赴前线，但是他的所作所为却是独一无二、非同寻常的。在与马赫诺步兵团战斗的过程中，列车平台上的十四人小队只残余两人——其他人不是被打死就是负重伤，——阿尔卡基受了挫伤，下巴脱臼了，他扑向一号炮台的无头尸体，——残尸还在痉挛扭动，断臂上变形的手指在抓挠地板——阿尔卡基的弗兰奇上衣沾着脑浆，他不间断用一门火炮向爬上路基的，密密麻麻的马赫诺士兵射击。他的英勇不同于普通的勇敢：阿尔卡基所有的行为都具有准确、不可思议的迅速和自信的特点；他的意识似乎无比强大，从不陷入慌张失措。他在危险中的行动十分迅速，就像日本魔术师和杂技演员一样：总而言之，他身上显露出某种亚洲气质，具有一部分黄种人身上常见的神秘的强大精神力，白种人弄不明白其中奥秘。不过阿尔卡基并不像亚洲人那般瘦小，反而长得敦实，肩膀宽厚。军官们不能原谅他轻蔑的笑容，他总是嘲笑他们战斗中的糟糕策略。当装甲列车开赴前线时，承载着几千普特重量的列车平台沿着铁轨势不可挡地滚滚向前，一边抖动，一边发出轰隆隆的咆哮，——此时阿尔卡基伫立在车头，眺望前方，——尽管他这样的姿势平平无奇，也在情理之中，——但在我看来，他就仿似这辆战争机器上的一座阴沉雕像。这就是他在前线给我留下的印象。可是到了后方，他就变成另一副模样了。

在后方，他喜欢打扮得漂漂亮亮，敞开肚皮喝酒，去后勤列车驻扎的城市和村庄里溜达。夜里我们会被他浑厚有力的男中音歌声惊醒，他总在回来的路上引吭高歌，不过他唱得非常好；阿尔卡基是真正懂音乐的人。他的脸色发白，头低垂至胸口，在车厢里一动不动地静坐数分钟；接着，深沉洪亮的嗓音瞬间回荡在车厢内；数秒钟后，我已经再也看不见挂着步枪的车厢壁，书本，电灯和我的战友们——就好像他们从未存在过一般，我迄今为止知道的一切都是一个可怕的错觉，唯一真实的只有阿尔卡基的歌声，他苍白的脸庞，还有笑眯眯的双眼，尽管他只唱些感伤的曲子。这时候我就会想到，也许根本不存在糟糕的感伤曲，即使在曲子里有些糟糕的词汇，那也是因为我没能领会它们，因为我无法全身心地投入这些天真的曲子并遗忘教育赋予我的那些审美的条条框框，这种教育并没有教会"忘我"这门宝贵的艺术。阿尔卡基最常唱的曲子是一首罗曼司，要是在其他情况下，这首罗曼司的诗歌体只会引起我不屑的一笑；可在阿尔卡基歌声的演绎下，如果我还关注着这个缺点，那我就是何其的不幸啊。后来我再没有听见过这首歌：

> 我孤身一人。而时光疾驰，
>
> 每日，星期和年岁飞逝。
>
> 而幸福只在我的梦中，
>
> 从未在现实里看见。
>
> 你瞧，很快很快，在生命的海洋中，
>
> 我旋转的纺梭将会消逝。
>
> 倾听最后的苛责，
>
> 你就会明白，我是怎样的孤独。

侧耳亲听最后的苛责，

你就会明白，我是怎样的孤身一人……

　　车厢窗户下聚集了士兵，军官和装甲列车上的女人们。他在夏天的夜晚里放声歌唱，他的声音飘荡向远处晦暗的高空，沉入它炎热的无声无息中。阿尔卡基在白天里也唱过这首歌，那时我们已经看见了小小的、湛蓝的锡瓦湖，已经处于最后的撤退阶段：我们离开了塔夫里；阿尔卡基站在车窗旁，还在唱着关于纺梭的歌儿，火车拉响了呜呜的汽笛声，铁轮掩盖在呛鼻的尘霾里，发出刺耳的摩擦声；某个东正教教堂圆滚滚的穹顶一会儿消失，一会儿出现在我们眼前。

　　阿尔卡基常常做梦；在这次撤退不久前，他梦见了美人鱼：她微笑着摆动尾巴，在他身旁游弋；她冰冷的身体贴近了他，鳞片闪闪发光，光彩夺目。在塞瓦斯托波尔的一个秋季深夜里，我想起了阿尔卡基的这个梦，那时候我看见一艘摩托艇在黑海上乘浪飞驰，它快速地奔向英国巨型铁甲舰的下锚处；它的身后荡开熠熠闪光的波峰，我突然觉得，一阵清晰的笑声透过泡沫传到我的耳边，幽蓝的水面下反射着刺眼的光辉。

　　整整一年的时间里，铁甲列车都在塔夫里和克里米亚的铁路上狂奔，仿似一头被猎人围剿的野兽。列车调转方向，前进，然后撤退，接着向左疾驰，为的是一段时间以后再次急速地向后撤退。南边是一望无际的大海，北边则是战火连天的俄国。而车窗外飞旋的是夏季里一片翠绿，冬天白雪覆盖，但总是荒无人烟和充满敌意的草原。四处漂泊后，铁甲列车在夏天抵达了塞瓦斯托波尔。人们铺就了一条条延伸至海面的白灰土路，褐灰色的群山在岸边簇拥作一团，小型的水鸟在海面上盘旋，不时猛地俯冲进水底。被人遗忘的港口停泊着数艘锈迹斑斑的铁甲舰，海马在吃水较深的船舷旁蹦来蹦去；黢黑的螃蟹在舱底横行；晶莹剔透的小鱼盲目地在舰船附近穿梭游动；而在漆黑的海底凹陷处静静栖息着慵懒的虎鱼。炎炎夏日里，四周一片寂静；我感到在这片阳光照耀下的宁静里，在蔚蓝的海面上，某种清澈透明的神性正在消亡。

那时候的生活，在我看来，似乎穿梭在三个不同的国度。一个由夏季、由塞瓦斯托波尔的寂静和石灰般燥热组成的国度；一个是寒冬、皑皑白雪和暴风雪的国度；还有一个是我们夜生活的国度——深夜里的恐惧、战斗、黑暗和寒冷中的汽笛声。每个国度中的生活样貌迥异，当进入它们其中之一时，我们携带着其他国度；在寒冷的深夜里，我站在装甲列车的铁皮地板上，眼前会浮现出大海与石灰；而在塞瓦斯托波尔，照在透明玻璃上的太阳反射光有时会倏然令我仿似置身北境；但当时，最与众不同的是夜晚生活的世界。我还记得，在深夜里，子弹从我们头上呼啸而过——发出一阵缓慢绵长、如泣如诉的呼啸声；子弹本身虽然飞得极快，但它的破空声却像是忧郁的舒缓小调，这让空中不由自主地颤鸣，飘荡在天际的模糊不清的回响显得特别奇怪。有时从村子一头传来警报声，原本消匿在黑暗中的云朵被地面上的火光映得通红，人们纷纷惊恐地跑出屋子，这场景仿佛一艘舰船在远离陆地的广阔海域漏水下沉，水手们惊慌失措地奔向甲板。那时候我常常想起船，就好像迫不及待地想要体验那种后来我不得不经历的漂泊生活。从我乘坐轮船横亘在俄罗斯和博斯普鲁斯之间，在黑海上颠簸起伏时起，一切早已命中注定。

在这个刻意组织的，使用机枪和大炮射击的混杂人群中有许多的不可思议：他们的足迹遍布俄罗斯南部的草原，策马奔腾，乘着列车飞驰，在战斗中牺牲，被撤退的炮车轮子碾压，阵亡，弥留之际的微微颤动，徒劳地向大海、天空和雪原的广袤空间填充自己毫无神性的意义。只有最天真简单的士兵才能在这样的环境下保持本我，他们还是原来的伊万诺夫和西德罗夫，还像从前一样冷眼旁观和游手好闲——但他们比旁人更因周遭事物的异常和不自然而倍感煎熬，所以他们也更早地走向灭亡。装甲列车上的理发师卡斯丘契克，一名好喝酒、爱幻想的年轻士兵，就是这样结束了生命。他整宿整宿地号叫，总是梦见火灾、马匹和遍布齿轮的蒸汽机车头。连续几天，他从早到晚地打磨剃刀，一边怪叫，一边自顾自地大笑。人们开始躲避他。有一天，在一个美妙的早晨，他正给长官剃须，按规矩来讲，士兵必须在这名长官面前保持沉默，可他突然唱起歌儿来，急促地哼着一段舞曲旋律，不时夹杂几声突然的喊叫，就像大兵唱歌那样：

嗷，嗷！
我走向酒馆，
女人躺在一旁，
熟睡。

他一边扯着嗓子号叫，一边老练地、机械式地继续着刮脸的活儿，长官的脸颊顷刻涨得通红。接着他把剃刀放在一旁，将两只手指伸进嘴里，吹出尖锐的口哨声；然后他又抓起剃刀割破了窗帘。他被带离了长官车厢，很长一段时间里大家不知道该拿他怎么办。最后人们决定将他塞进另一列火车空荡荡的货厢里。那时有无数趟列车被用来运输死于伤寒的士兵的尸体和在车厢里上下颠簸、吊着一口气的病号，这是其中一列。没有人知道这样安排的目的是什么，也没有人知道这些列车会开往何处。病号卧在干草堆上，裂痕遍布的车厢木地板微微震颤，载着他们飞驰向前；可无论列车开往何处，他们的死亡都不可避免；经历一天一夜的旅途后，这些病号们彷如死尸一般，除了火车引起的抖动外，已经没有了任何多余的动作——就像是倒毙的动物或者被屠宰的马匹尸体。于是卡斯丘契克被送进了空荡荡的货厢；没有人知道后来发生了什么。我想象着，在紧实密闭的加温车厢里，他的一双眸子是如何在黑暗中闪闪发亮，他莫名其妙的精神状态近乎于疯狂——神志陷入晦暗的混乱中，意识的光亮在遥远处闪烁。不过卡斯丘契克是我们在前线附近驻扎时所经历的最后的一个悲剧，因为在漫长的冬天过后，在驶过了锡瓦湖如镜般光滑的蓝色冰面后，在见过了沙土路基上各式各样的枕木，从火红色的臂板信号机到结冰涨破的水泵，然后在列车一寸一寸地向克里木推进之后，在驶过后勤列车曾长久地停靠的扎卡后——我们终于撤退到了己方腹地。我们在扎卡停留了很久。那里的小黑屋里挤满了寡妇，她们都是军官们的麦萨琳娜①。这些女人来车厢找我们，带着车站小卖部供应的伏特加和牛肉饼大吃大喝。酒足饭饱后，她们难受地打着嗝，不安地在车厢座椅上来回扭动，然后神不知鬼不觉地迅速解开了破旧的裙子，接着不是放声大哭就是激动得号叫，两分钟以后，她们又哭出声来，不过这一次已经是因

①　麦萨琳娜（约 17/20—48 年），罗马皇帝克劳狄一世的皇后，以淫荡和滥交著称。

感动而泛出的晶莹泪花了。用她们自己的话来讲，她们是在惋惜过去；她们的惋惜瞬间给曾经偏僻的外省生活，给她们的婚姻（嫁给一个酒鬼兼赌徒的步兵上尉）绘上了一层前所未有的节日般喜庆的油彩；这些女人觉得，她们当时并没有珍惜自己可怜巴巴的幸福，没有意识到那时的生活是多么美好和快乐；不过，她们并没有掌握回忆的艺术，所以总是一字一字地重复，她们是如何在复活节的夜晚秉烛夜游，教堂的钟声如何敲响。在战争爆发和服役于铁甲列车之前，我从未见过这类女人。她们嘴里时常蹦出一些军人的词汇和表达，她们的举止也颇为豪放，特别是在饱餐一顿后，她们会和男人勾肩搭背，向他们挤眉弄眼。她们的知识贫乏得令人咋舌；可怕的精神贫瘠和不安于这般命运的模糊意识令她们喜怒无常；按类别而言，她们更像是妓女，但却是带有回忆的妓女。她们中间只有伊丽莎白·米哈尔洛夫娜是个例外。在我的记忆中，她的形象早与脏兮兮的沙发天鹅绒面，扎卡的煤油灯和作为红酒与伏特加下酒菜的精致的醋渍鲱鱼片密不可分了。她总是一如既往地在我熟睡时来到我们的车厢，通常是早上九点或者凌晨两点。他们叫醒我，然后和我说：快起来，伊丽莎白·米哈尔洛夫娜来了，你在这有些不方便——这个名字瞬间激活了我；如此这般，过了一段日子后，伊丽莎白·米哈尔洛夫娜这个名字几乎与我的睡梦密不可分了："伊丽莎白·米哈尔洛夫娜"——我听着这个名字沉入梦乡，接着又听见一声"伊丽莎白·米哈尔洛夫娜"而睁开眼，在我面前是一个娇弱矮小的女人，她长着一张嘴唇鲜红的大嘴巴和一双笑意吟吟的眼睛；在她发黄的面颊皮肤上似乎颤抖着苍蓝的火花。她长得像外国人。我原本对她一无所知，直到有一天醒来时，听见了她与我的一位战友，语文学家拉文诺夫的闲谈。他们谈论文学，她拉长声调地朗诵诗歌，通过她的声音可以判断出，她一边坐着，一边轻轻摇晃身子。拉文诺夫是我们中间最有文化的：他喜欢拉丁文，常常为我朗诵恺撒的日记，我只是出于礼貌才做他的听众。因为不久前我才在中学里学过恺撒日记，而且与所有的学生一样，我也是被迫学习的，我只觉得它很无聊，并不有趣；但是在拉文诺夫的身上，对恺撒简洁精确的语言的喜爱和对柯罗连科的忧郁抒情诗，甚至库普林的几篇短篇小说的酷爱结合在了一起。不过，他最喜欢的还是迦尔洵。尽管品味奇特，但他总是能透彻地理解一切阅读到的东西，——理解和感悟大大提升了他自身的精神潜能；这也令他的话语总是带有一种独特的不确定性；他的知识相当渊博。他低沉着嗓子说：

"是的，伊丽莎白·米哈尔洛夫娜，就是这么回事。这不好。"

"是的，不好。"

这样的对话持续了很久——他们一直在讨论"好"和"不好"。就好像，没有别的词可说。但伊丽莎白·米哈尔洛夫娜并没有离开；从她的语调中可以听出，在每一次回应拉文诺夫的"好"与"不好"时，她身上发生了某种重要的变化。这与对话本身全然无关，但对于她而言，对于拉文诺夫而言却意味深长。这就好比，当有人溺水时，水面上会冒出气泡，可是在未发现溺水者的路人眼中气泡仅仅是气泡，不具有任何重要的意义；而与此同时，有人正在水面下呛得喘不过气来，逐渐步入死亡。伴随气泡上升的是他饱含着诸多情感、印象、惋惜和爱意的漫长一生。现在伊丽莎白·米哈尔洛夫娜就处在这样的情况："好"与"不好"都仅仅是浮出对话表面的气泡。后来我听见她是怎样哭泣的，拉文诺夫又是用颤抖的声音与她交谈；然后他们一起离开了车厢。伊丽莎白后来再没找过我们，只有在离开扎卡不久前，我在火车站看见了她和拉文诺夫。我正坐在他们对面吃午饭，当我吞下第四个馅饼后，伊丽莎白·米哈尔洛夫娜突然扑哧笑出声来，对拉文诺夫说：

　　"你没有发现你那个爱睡觉的战友在醒着的时候胃口特别好吗？"

　　拉文诺夫因幸福而变得透明的眸子注视着她，对所有问题都一个劲儿地表示同意。伊丽莎白·米哈尔洛夫娜打扮得干净整洁，模样既自信又满足。可是，现在当她看起来似乎幸福的时候，我却突然感到一阵惋惜，我宁愿她还是原来的那副模样，那副活在我梦中，在半睡半醒中听见"伊丽莎白·米哈尔洛夫娜"这串字符时的模样。"伊丽莎白·米哈尔洛夫娜"尽管仍只是一个女性的名字，但对我而言它还是一种独特的精神状态，位于令我徘徊于梦里的漆黑一片与睁眼就能看见的红沙发天鹅绒面之间。

在我的记忆里，塞瓦斯托波尔出现在扎卡和寒冬之后，它披着一身白石的飞尘，海滨小径的常青植被和林荫径上的耀眼黄沙。海浪冲刷着码头的防波堤，当海浪退去时，覆盖着苔藓和海草的绿色岩石裸露出来；海草无力地随波摇曳；它的细枝似杨柳枝条般低垂下来；在下锚地停着一艘铁甲舰。一道大海，桅杆和白色海鸥的永恒风景鲜活地展现在眼前。（这样的画卷浮动在一切曾经遍布海水、港口和船只，而现如今随着海洋退却，成排的石头房子耸立在一片黄沙之上的地方。）在塞瓦斯托波尔，我们比在其他任何地方更清楚地感觉到，这将是我们待在俄国的最后一段日子。轮船出入港口，英国和法国的水兵们登上了船，他们的船只消失在大海中——看起来，从这儿返回俄国已经不太可能；大海似乎一直是外国人进入我们故乡（这个与地图上那些生长着挺拔树木、具有平坦绿地的热带国家相距甚远的国家）的门户，而那些我们认为带有故乡气息的事物，南俄罗斯的干燥炎热，干涸的草原和亚洲的咸水湖，都不过是误解。有一天，我用步枪打死了一只潜鸭；它的尸体在水面漂浮了很久，它在每次近乎漂到岸边时又被回流推开，我一直等到了天黑，等到完全看不见潜鸭时才离开。正是伴随着同样的无力感，我们也漂泊在万般变乱汇成的水面上；我们被波浪推向远处——直到某日脱离俄国的引力，落入另一片更恒久的引力范围中，我们将会乘着泥炭船，没有浪漫，没有风帆，离开士兵们曾收复的克里米亚，他们如今都变成了衣衫褴褛、饥寒交迫的沦落人。不过这一切还发生在稍后；1920 年的春夏两季，我一直在塞瓦斯托尔城游手好闲，在咖啡馆和剧院打发时间，或者下到那些神奇的"东方式的地窖"里去。在那里你可以尝到羊肉馅饼和酸牛奶，皮肤黝黑的亚美尼亚人像奥林匹亚的诸神一般平静地注视着酩酊大醉、泪流满面的军官们。后者灌下绝望的酒精混合物，模糊不清，若隐若无地合唱《上帝保佑沙皇》，这歌声听起来既令人不快，又令人压抑，它早已失去了自己的实际意义，回响在东方式的地窖中；燃烧殆尽的帝国透过音乐让它的宏伟从彼得堡的军营传递到这里：它掠过烟火熏黑的墙面，滞塞在壁画上格鲁吉亚裸女的乳沟之间，她们的乳房上画着夸张的巨大乳头，还有一双双马驹似的眼睛，画面里的水烟袋里冒出格外平直的、乡村式的烟柱。所有这些俄国省城式的忧郁，这些永恒的伤感泛滥在塞瓦斯托波尔。来自敖德萨的演员们顶着贵族范的艺名，在剧院里悲戚伤感地演唱罗曼司。无论歌曲的内容是什么，它们总能催人泪下；他们获得了巨大的成功；在平日里并不多愁善感的人们的眼中，我看见了泪水；革命夺走了他们房屋、家庭和午餐，这突然给予了他们深深惋惜的机会，给予了他们暂时从粗鲁的战争生活的硬壳中解放早已被遗忘，早已失却的内心感性的机会。他们就仿佛参与了一场无声的小调交响乐剧场演奏；他们第一次发现自己也有生平，也有关于他们生活的历史，也有丢失的幸福（从前他们只在书里读到过）。于是，黑海在我看来就像是汇集了多条巴比伦河流的巨大游泳池，而塞瓦斯托波尔褐色的群山则是古代的哭墙，人们在这里宣泄自己的感伤。空气中的热浪席卷了整座城市——突然刮起一阵大风，掀起水面上层层涟漪，再次让人想起了注定的离别。人们已经谈论起出国护照，有的人开始收拾行装；但是过了一段日子以后，装甲列车又被派上了前线，我们回头望了望大海，就又离开了塞瓦斯托波尔。列车钻进了漆黑的隧道，再次回到对我们抱有敌意的俄国土地上，回到那个我们冬天才艰难逃离的地方。这是白军的最后一次进攻；它并没有持续多久，很快战士们又沿着冻得梆硬的道路向南方溃逃。在那几个月里，我比以前更加不关心军队的命运，完全没有这方面的心思；我坐在装甲列车的运载平台上驶过烧焦的草原与枯黄的树木，铁路两旁栽着白桦树；入秋以后，我被派往塞瓦斯托波尔执行任务。因为已经到了十月初，城市发生了稍许变化。我在暴风雨中乘着一艘破旧的快艇从海湾北面前往南面，这害得我差点落水淹死；在塞瓦斯托波尔停留几天后，我又动身返回铁甲列车，我以为它应该还是我离开时的那副模样，可实际上它早已被红军俘获，后勤列车也被他们夺取了。列车上的部队四散而逃，只剩下三十来名战士和军官随着其他大部队一起撤离了：他们全部被安置在一节加温车厢里。人们在车厢里摇摇晃晃，无神地望着红色的车厢壁，还没完全回过神来——现在装甲列车没有了，军队没有了；我们最好的炮手楚巴被打死了；菲力宾科被炸断了一条腿，阵亡了；最会骂娘的水兵万尼亚被俘虏了；米胡金饲养的那些牲畜，包括一只火鸡、一只活猪、几头牛犊和马匹也失去了他们平日里动物园般的优良环境。我的一名战友拉普申在加温车厢里也离不开自己的曼陀林琴，一会儿弹奏《葬礼进行曲》，一会儿弹奏《小苹果》，悠闲从容地说：如果连火鸡和猪都忍受不了历史车轮的转动而因此毁灭的话，那我们也就早已……我们只能前进，继续前进。

许多人不愿意撤离，坚持留了下来，——有人往北方投奔红军，在迎面相遇的列车上看见了沃洛比夫，他戴上了铁道职员的红顶制帽；随着列车缓缓地离开，沃洛比夫挥舞拳头威胁着叛徒，拉长了声音喊道："混蛋！混蛋！"——他鼓足了劲大喊，就好像在河里流放木材时，人们乘着筏子顺流而下，到了河道和湖泊里需要用力喊叫一样。

　　我一路上都遇见撤退的士兵，我乘坐的列车最终停靠在了一个小站台，不再向前。没有人知道列车为什么停止行进。后来我偶然听见了一名军官和列车长的对话。军官急促地问道："不，您告诉我，我们为什么停下来，不，我在问您，我们为什么他妈的耽搁在这里，不，您知道的，我受不了这个，不，您回答我……""我们没法再往前走了：我们的后方是红军。"第二个声音回答说。"那是后方，又不是前方。如果是前方有红军，那我们的确是不能前进。但我们又不是向后走，不是去后方，您明白吗，真是见鬼了……""我不会允许的。""为什么？""后方是红军。"在这之后是一阵恶毒的辱骂声，接着列车长带着哭腔说："我不能前进，后方是红军。"他一直重复着这句话，因为他已经被死亡的恐惧笼罩；他感到无论去往何处，等待他的只有同一个命运：他已经停止了思考，但身体还在做无意识的抵抗，就像被绳子绑缚的动物。列车就这样停留在原地。另一辆轻型装甲列车"智者雅罗斯拉夫尔"号也停靠在附近，我转移去了它的一节后勤车厢。在此之前，我两天两夜没合过眼，所以一躺在卧铺上，立马就睡着了。我在梦中看见了伊丽莎白·米哈尔洛夫娜，她变成了手拿响板的西班牙女人。她赤身裸体地在异常嘈杂的乐队伴奏下跳舞；在喧闹声中，深沉的大提琴低音和尖锐刺耳的圆号声格外清晰。喧闹声逐渐变得难以忍受；一声狗熊的低吼在耳畔响起，当我睁开眼时，一头被驯服的狗熊正拖着长长的铁链在车厢前后徘徊；它有时静止不动，有时从一边游荡到另一边。车厢里除了我、狗熊和一个包着头巾的农妇外，没有其他人；她不知道是怎么和为什么流落到这儿来——她害怕极了，放声号叫和大哭。天刚见亮，车窗玻璃就发出清脆的破裂声，稀里哗啦地碎了一地，外面的风猛灌了进来，原来是装甲列车的后勤车厢遭到了机关枪的猛烈射击。"布琼尼的部队！"农妇哭喊着，"布琼尼的部队！"——我们不远处的六英寸口径的海军重炮向红军炮兵阵地还击，发出轰隆隆的低响。我走出车厢平台，看见一团灰色的布琼尼轻骑兵位于离后勤车厢大约半俄里的地方。空中持续回荡着人们的呻吟和炮火的爆炸声。我清晰地听见中口径炮弹的呼啸声——通过声响可以轻而易举地判断出，它不是落在我们这节车厢就是隔壁；所以当那个农妇沉默时，当她在预感到危险来临，本能地任由身体和心灵归于平静时，我明白，尽管不能像炮兵一样通过呼啸声判断落点远近，——可她本能地感受到了可怕的危险。但炮弹击中了满是负伤军官的隔壁车厢；从那儿立马传来了铺天盖地的呻吟浪潮——这就好像在音乐会上，指挥敏捷快速地将他的小棒戳向乐队的右侧或者左侧，那里瞬间爆发出喷泉般的声响、喧哗和弓弦的颤动。六英寸口径的大炮不知疲倦地将一颗又一颗炮弹送入黑色的人和马群中——爆炸掀起的尘柱中闪烁着一些黑色的碎片。

我站在车厢平台上，看着眼前的一切，在零下十六摄氏度的寒冷里冻得瑟瑟发抖——心中渴望着我原来的装甲列车后勤部的温暖车厢、电灯、书籍、热水和暖和的床铺。我知道，这几节列车已经被布琼尼的轻骑兵截断和包围，我们的炮弹只能维持几个小时，我们迟早会被打死或者被俘虏，不会超过今晚。我心里十分清楚这一点，可是对温暖、书籍和白色床单的渴望还是占据了我的身心，让我无暇思考其他；准确来说，是这幻想比其他的念头显得更加亲切和美好，以致我不忍割舍它。爆炸掀起的黑色尘土四处飞扬，各种各样的声音——从子弹划过岩石的刺耳摩擦声，铁轨和列车钢轮的嗡嗡震颤声到火炮的低沉轰隆声和人的哭喊，都汇成一团喧闹却又互不混淆的嘈杂声，每个系列的声音清晰可辨地独自存在，这一切就这样从清晨持续到了下午三四点钟。我反反复复地出入车厢，既没法让身体暖和一些，也没法入睡——最后我看见地平线上出现了黑色的小点，它们正向战场移动。"红色骑兵军！"有人大喊。"完蛋了！"但火炮和机关枪的射击依旧猛烈，偶尔出现短暂的停歇，仿似倾盆大雨在等待第一阵狂风的兴起，随后便卷土重来。有经验的军官哭丧着脸，军需官不知所措地在我身旁走来走去。有一个士兵钻进了车厢底，用冻得发青的手指捻搓出一条烟卷，不一会儿就吐出一团黄花烟草的云雾。"兄弟，子弹可打不到这儿。"他微笑着对我说，我正想俯下身子瞧一瞧他，战斗突然有所缓和，枪声变得稀疏起来。一队轻骑兵从北边出现。我爬上列车的顶盖，清楚地看见马匹和骑兵们；他们袭步狂奔，像一道洪流向我们涌来。躲藏在车厢缓冲器之间的老军需官哭出声来：一个八岁上下的小姑娘站在他身旁，一身裹得严严实实，小手拽着老人风雪帽的长耳朵；躺在车厢底的士兵抽着自卷的纸烟，从地底冒出的白烟迅速被狂风吹散。马蹄声很快变得清晰可闻；几分钟过去了，我们像坐在剧院里一样困倦，数百名骑兵已经完全接近了我们。布琼尼的轻骑兵们开始动摇，我们听见了喊声，没过多久所有的骑兵有所动作，布琼尼的部队开始撤退，从北边来的轻骑兵在追击他们。一名穿着高加索山民束腰长袍的军官从我身旁飞驰而过，他不时地回过头呼喊些什么；后来我发现，不仅跟随在他身后的士兵们一无所知，就连他自己也搞不清楚为什么要大喊，更不知道自己在喊些什么。现在我又看见了刚才还在哭泣的老军需官；他已经一脸严肃正经地回到了自己的加温车厢；车厢下的白烟也消失了；士兵从下面爬了出来，对我大喊："上帝保佑！"接着跑向一边。

在无数的列车车厢，货运车厢和辎重大车之间游荡了一天后，我找到了那群自称隶属于"烟幕"装甲列车的四十来号人员，尽管"烟幕"已经不复存在。军队时时刻刻都在瓦解，它的辎重车队在冻得僵硬的道路上轰隆作响，部队消失在地平线，它的喧哗和行进伴随着一阵强风。

这发生在十月十六日和十七日；到了这个月的二十号，我正坐在离费奥多西亚不远的一间农舍里，吃着果酱面包，喝着热牛奶，我的战友米佳侯爵一脸兴奋、面带笑容地走了进来。大家这么称呼他是因为有一天他被问起最喜欢的书是哪一本时，他回答说，这是一位无人知晓但绝对出色的法国作家的作品，小说的名字叫作《行乞的伯爵夫人》。我读过这部小说，因为米佳走哪儿都带着它。小说的主人公是封爵的贵族；米佳不无激动地阅读这类书籍，尽管他只是一个出生在叶卡捷琳娜斯拉夫省的小伙儿，从未见过大城市，对法国更是没有丁点儿概念——但"侯爵"，"伯爵"特别是《从男爵》这样的头衔让他感到别有深意——所以大家戏称他侯爵。"扎卡被拿下了。"米佳侯爵高兴地告诉我。他一向如此，即使是在传达最令人难过的消息时，也是一副兴高采烈的样子；所有的大事件都能激发他的一种幸福感，即庆幸他自己，米佳侯爵，又一次毫发无伤；况且既然已经出现了这样重大的情况，那么接下来就更有好戏可看了。我记得，在最令人难过的时刻，比方说有人牺牲或者负伤了，米佳侯爵会一边以喘气掩饰自己的笑声，一边兴奋地告诉我们："啊，菲力宾科的腿被炸断了，切尔诺乌索夫的肚子受伤了，萨宁中尉的左手中弹了：真是命运啊！""扎卡被拿下了，这不是件好事。"米佳说。扎卡的确是在防御带上，敌人已经攻入了克里木。扎卡对我意味着：月台上的煤油灯，到车厢来的女人们，火车站小卖部的牛肉饼、恺撒的日记、拉文诺夫、我的梦，还有梦境中的伊丽莎白·米哈尔洛夫娜。四列火车相继经过村庄开往费奥多西亚。我们在几个小时的车程后抵达了那里；当时天色已晚，我们被安排在空荡荡的商店里，空无一物的货架成了我们夜宿的床铺。商店里没有一扇完整的窗户，我们的谈话声在空旷的库房里响亮地回荡，听起来就像同貌人在身边交谈和争论，——在他们的言辞中存在着一种确定无疑的、令人忧伤的意味深长，这是我们本身的谈话所缺失的；而回音盖过了我们原本的声音，它令每一个句子变得更加冗长；侧耳倾听自己的回音，我们渐渐明白，某种不可挽回的情况已经发生。回音让我们清晰地听见了一些原本无法听见的东西。我们曾预见到自己会离开俄国；但我们将这仅仅视作天真的远景，我们的想象力仅仅停留在关于大海和船只的画面上；而回音传递给我们某样崭新的，非同寻常的东西，它似乎来自于我们从未到过，但现在却不得不去了解的那些国度。

当我靠在船舷一侧，看着燃烧的费奥多西亚——城市里燃起了大火，——我并没有意识到自己正离开祖国，也没有感觉到这一点，直到我回想起了克莱尔。"克莱尔。"我自顾自地念出声来，在一瞬间我看见了裹在一团皮草大衣里的她；我离开了我的祖国，离开了克莱尔在的国家，我们被水和火焰分割；而克莱尔就身处在火墙背后。

俄罗斯的海岸还在久久地追逐着轮船：粼光闪闪的细沙洒落在水中，海豚在波浪中跳跃，螺旋桨低鸣着转动，船舷发出吱吱的响声；从舱底传来女人轻轻的抽噎声和船舱装运的种子的沙沙声。费奥多西亚的火光变得越来越微弱与遥远，轮机的嘈杂声越发孤独和清晰；这时我才回过神来，第一次意识到：已经没有俄罗斯了，我们漂泊在大海上，被夜里天蓝色的海水环绕着，海豚的脊背在水底闪烁，而天空前所未有地靠近我们。

"但克莱尔是法国人，"我突然想起来，"如果是这样，那这持续而强烈的伤感又是何必呢？我何必为绿草茵茵的平原和白雪，为我在那里经历的种种人生，为这掩藏火焰帷幕后的那个国度而伤感呢？"于是我开始幻想与克莱尔在巴黎的重逢，她一定会回到那个出生的地方。后来我看见了法国，看见了克莱尔的祖国，看见了巴黎，看见了协和广场；广场并不是我在明信片上看见的那副模样——路灯，喷泉和天真的铜塑雕像；水流不断地从泛着黝黑光芒的雕像中涌出——协和广场突然以另一幅面貌出现在我眼前。它曾经一直存在于我的脑海；我常常想象与克莱尔在那里的相会——过往生活的回声和形象都无法传递到那里，仿佛中间竖起了一道不可丈量的空气墙——尽管是空气的，但却不可逾越，就像眼前的火焰屏障一样，在屏障的背后是皑皑白雪，鸣响着俄罗斯最后的夜哨。悬挂在船舷上的玻璃瓶叮叮当当地相互碰撞，他们的撞击声令我立马想起了塞瓦斯托波尔的港湾。数量众多的船舶停满了港口，夜里闪烁着荧荧灯火，所有的船只都会在固定的时刻敲响钟声，有的钟声颤颤巍巍并不清晰，有的则沉闷暗哑，还有的清脆响亮。玻璃瓶在覆盖着油污的波浪上，在海面上发出清脆的响声；浪花拍打在码头——夜幕下的塞瓦斯托波尔海港让我想起了一幅画，描绘的是沉睡在一片黄色海域中的日本港口，对我而言这是一片如此缥缈未知的海域。我看见了日本的港湾和住在纸板房里纤弱的姑娘，看见了她们温柔的手指和细窄的眼睛，我似乎揣测到了她们身上纯洁与淫荡并存的奥秘，正是这一点令旅行家与冒险家者们争相奔往这片黄色的海岸，奔向这蒙古的魔法造物，纤细柔弱而响亮动听，就像变成彩色透明玻璃的空气。我们在黑海上航行了很久；我蜷缩地坐着，裹紧大衣，心里想着日本的港湾、婆罗洲和苏门答腊的沙滩，生长着高大棕榈树的平坦沙滩海岸的风景久久停留在我的脑海里。过了很久以后，我甚至开始听见这些岛屿传来的音乐，它们的绵延和震颤，像极了我从三岁起就牢记的颤动的拉锯声；而在那一刻，当突如其来的幸福如潮水般奔涌而出，我感受到一阵无尽复杂却甜蜜的情感，在其中倒映着印度洋、棕榈树、橄榄色皮肤的女人、耀眼的热带太阳和潮湿的南方灌木；小眼睛的毒蛇埋头潜藏其中；黄色的浓雾笼罩在这些热带植物之上，如魔法般掀卷翻腾，最后消失于无形——于是颤动的拉锯声飞过数千俄里又一次将我带回了滴水成冰的彼得堡，而声音的神圣力量又将水流变作了印度洋遥远岛屿的风景；而印度洋就像在父亲讲述的故事里一样，在我眼前呈现着未曾知晓的生活，它升腾在炙热的沙土之上，像风一样掠过棕榈树群。

伴着船只的汽笛声，我们驶进了君士坦丁堡；还在船上时，我就已经开始了另一种生活，我的一切注意力都汇聚在一个念头上：我与克莱尔未来会在法国重逢，我将离开伊斯坦布尔前往那儿。我的脑海里诞生了上千个想象的场景和对话，它们不断中止，相互交替；而最美妙的念头莫过于，克莱尔，我在冬夜里离开的女人，克莱尔，其阴影笼罩着我的女人，克莱尔，每当我想起她时，我的四周就会变得寂静，——这个克莱尔将会属于我。于是克莱尔不可触碰的身体，比以往更加触不可及地出现在我的眼前，出现在船尾，披覆着熟睡的人们、武器和麻袋。而天空被云朵遮蔽，星星已经消匿不见；我们在大海的一片昏暗中靠近看不见的城市；无形的鸿沟已经在我们身后裂开；在这趟旅途潮湿的寂静中，偶尔可以听见一两声汽笛——这个声音永恒地陪伴着我们，只有这汽笛声还在缓慢的、玻璃般的无形中连接着火光闪耀的彼岸与分隔着我和俄罗斯的海水，伴随着簌簌低语的、凌乱的、关于克莱尔的美梦……